岩波現…

JN315686

拒んだ日本兵

さな抵抗

渡部良三

岩波書店

蘇東坡を、ゲーテを、
そして人生には、「纖細にして鋭敏な理性の判断」が
必要であることを、説いてくれた、
亡き父に献ぐ

はじめに

いかがなる理にことよせて演習に罪明からぬ捕虜殺すとや
生きのびよ獣にならず生きて帰れこの酷きこと言い伝うべく

一九四四年春、大中華民国河北省深県《しんけん》東巍《とうぎ》家橋鎮《かきょうちん》(現在の中華人民共和国)において、そこに駐屯する、旧日本帝国陸軍は、日本本土から転属してきて間もない、しかも第一期の検閲(新兵の教育成果を、所轄部隊長がみることを言う。一期は入隊後四か月目、二期は八か月目に行なうのが平時であった。しかし戦時及び野戦においては、即戦力養成のため、この期間を二か月に短縮し、二期検閲は省略していた)すら終っていない新兵に、「戦闘時における度胸をつけさせるため」という目的と理由で、当時、前記、東巍家橋鎮駐屯部隊所属の見習士官で、新兵教育担当の永田正元教育小隊長指揮の下に、中国共産党第八路軍(当時の在支旧日本帝国陸軍は、これを「八路《はちろ》」又は「八路《パロ》」と呼んでいた)の捕虜として捕縛していた五名の中国人を、新兵四十八名に虐殺させた。

一人の新兵がこれを拒否した。まさしく「敵前抗命」(処罰は銃殺刑に相当する)である。以後この新兵は「赤符箋付きの兵隊、要注意人物」とされ、徹底した差別とリンチを受けることになった。しかし戦死することもなく、私刑死することもなく敗戦を迎え、復員した。一九四六年三月二十一日、春の彼岸の中日であった。

この短歌は、その兵が動員を受けていた期間のものに、動員前後のものを加えたものである。動員中の詠作は、あり合せの紙に綴り、復員に際しては、これを戎衣《じゅうい》に縫い込めるなどして、没収をまぬがれた。短歌に知識も教養もなく又感性に欠ける兵の詠作は、いま自らが読んでみても、いかにも稚拙であり、格調を欠き、貧しい。しかし捨てかねた敗戦後の歳月であった。思い出すたびに心が傷み、昂り、恥しいほどおろおろすることは、現在もなお変らない。学業なかばの若者、それも、父の生き方を単純にならうような形で、反戦を深く心に据えた兵にとって、戦地というところは「生命を惜しむ思いに苛まれる日々」であった。回顧していまも同感である。

当時、日記を綴るには紙数がない。仮にあったとしても書き足りるものではない。定期的に私物検査の行なわれる野戦で、反戦日記は当然没収される。そこで短歌で……と考えた。そうと決めるまでには漢詩も試みたが態をなさなかった。せいぜい「訳注文章軌範」

のまねぐらいのことしかできなかった。ボキャブラリーの不足は短歌の方が未だしも……という気持と共に、省略を用いられるという技術的な意味で、この道を選んだ。人間としてのいたみを、自分の言葉で綴ればよい、と考えた。こうして、いわば必要に迫られて、新兵の詠作が始まった。この、兵の戦時詠は、プロ、アマを問わず詠作の道を歩む人々から評されるとすれば、一顧されることもないであろう。むしろ、一人よがりと指弾されるかも知れない。しかし詠作者の兵本人にとっては、その折々の叫びであった。信仰と思想の萌芽の時期の記録である。

歌は、単なる素材の提供、情景の描写にすぎないものが多い。軍隊、それも野戦生活の中で、新兵には、現実を直視し得ても、自らの感情を昇華する力はなかったし持てなかった。勿論短歌の技術、方法も身についていない。それを補完するてだてもなかった。

敗戦し、復員に際し、上海港埠頭で、米国が配船してくれた、アメリカ戦時標準船リバティー第七百十二号に乗船する時、復員の旧日本帝国陸軍将兵に伝達されたことは「一切の写真、日記、メモなどの所持は許さない」というものであった。兵はそれでも、揚子江左岸に点在する、敗残旧日本帝国陸軍のテント村の中で、自分の詠作を記したメモを、いくつにも分冊して軍衣袴に縫い込めた。長江左岸の芦原の中に立ち並ぶ特設便所の中で、戦友の密告を恐れながら……。幸いなことに、兵の身体検査は、将校に比べてゆるやかなものであった。

復員後、これらを整理しようと思い立ち、幾度も手をつけたが、こと捕虜虐殺のことに及ぶと気持が昂り、どうしても筆が進まなかった。整理を終えることができなかった。敗戦後四十年、復員後三十九年を経て、自らの職としてきた国家公務員を退職してから、漸く緒につき、三年余りをかけて整理することとなった。この整理過程で、余りにも類似のものは除き、又、現代かな遣いに統一するなどの手を加えた。しかし推敲するつど、次々と誤りが認められ、未だ十分とは言い切れない。自選力、推敲力に欠けているのであろう。

大略の稿が成ってから、友人江夏紀南氏(旧姓黄氏)等、何人かの方から、兵の差出した軍事郵便の寄贈を受けたこともあり、それらの中に認めてあった短歌についても、自選の上追加した。しかしながら、歌の稚拙さは覆うべくもない。語彙一つにしても、旧軍用語あり、生活用語あり、中国語ありの有様である。これらを斟酌の上、御高覧いただければ望外の幸である。

一九九二年十月　古稀をかぞえて

渡部良三

もくじ

1　捕虜虐殺

捕虜虐殺

在支旧日本帝国陸軍(旧日本帝国陸軍支那方面派遣軍。北支那、中支那、南支那の三方面派遣軍に分かれ、私の所属は、当初は北支那方面派遣軍。通称「北支派遣軍」。のち中支那方面派遣軍に転属)には「度胸だめし」と呼ぶ、殺人演習があった。新兵の第一期検閲の直前に行なわれた。

朝飯《あさいい》を食《は》みつつ助教《じょきょう》は諭したり「捕虜突殺し肝玉をもて」

〈註〉「助教」は新兵教育担当の将校又は見習士官を補佐する下士官をいう。現在の自衛隊における「曹」クラスである。又その助教をたすける古年次兵を「班付《はんづき》」又は「班付上等兵《はんづきじょうとうへい》」と呼んだ。これは、自衛隊における「士長」に相当する。

捕虜を殺し肝玉もてとう一言に飯はむ兵の箸音止みぬ

演習に殺人あるとは知らざりき聞きし噂はまことなるらし

救いなき酷さの極み演習に慣れる軍は捕虜殺すとう

おびえなどしるしもあえず新兵は黙せるままに殺し方をきく

捕虜殺す兵の心を問いめぐる教官の眼の獣めき見ゆ

奪衣婆《だつえば》の眼に似たり教官の刺突の心得説きすすむとき

〈註〉「奪衣婆」は、仏教の世界で、三途の川の畔りに居て、亡者の衣服をはぎとり、衣領樹《えりょうじゅ》の上にいる、懸衣翁《けんえおう》に渡すと伝えられる鬼婆をいう。別名「葬頭河《そうずか》の婆《ばば》」ともいう。「十王経」の中に述べられている。

稜威《いつ》ゆえに八路《はちろ》を殺す理由《ことわり》を問えぬ一人の深きこだわり

〈註〉敗戦によって、第二次世界大戦(太平洋戦争)が終るまで、日本軍の行動のすべては「上御一人」即ち、天皇の命令によるものであり、しかもその成果は、天皇に帰属するものとして新兵の教育をした。所謂「統帥権の独立」である。そのため、旧日本帝国陸海軍の組織内における行動は、すべて「上官の命令即天皇の命令」とされた。このことは、「軍人に賜りたる勅諭」(略して「軍人勅諭」)にも示されている。

ぬぐい得ぬおびえ心にたちしまま殺さるる捕虜をおのれに比ぶ

選ばずにつわものだつは天皇《すめらぎ》のよみする道と教官言いつ

天皇《きみ》の給うみちうべなわず胸内《むなうち》に反戦の火《ほ》を燃やす兵あり

反戦は父に誓いしひとすじぞ御旨のままをしかと踏むべし

刺し殺す捕虜の数など案ずるな言葉みじかし「ましくらに突け」

5　捕虜虐殺

今朝戦友《とも》と掘り上げたりし大き穴捕虜の墓穴とは思いよらざり

殺さるる捕虜の屍《かばね》を棄つるところ土の赭《（あか）》きはよみの色かも

馴れて乾く班付上等兵の声とおる「準備完了」捕虜をなわめて

あらがわず八路《パロ》しばられつ自が世のついの黙示は受けいしが如

「刺突の模範俺が示す」と結びたる訓示に息をのみぬ兵等は

「刺突銃を呉れ！」猛き声あり教官の手のいださるるを見つつすべなし

〈註〉「刺突銃」は、照星がくるうなどして戦闘に使用できなくなった小銃を、銃剣と共に「捕虜刺殺専用」としたもので、いつの頃からか、こう呼び、在支旧日本帝国陸軍のどの部隊でも保有していた。

獣めく気合するどく空《（くう）》を截《（き）》る刺されし八路《パロ》の叫びきこえず

眼間《まなかい》に捕虜殺されて小さからぬざわめき起す目守《めも》りいし新兵《へい》ら

ひと突きしゆるゆるきびすをかえしつつ笑まえる将の血に色ありや

人殺し胸張る将は天皇《すめろぎ》の稜威《いつ》を説きたるわれの教官

鈍色《にびいろ》の空をうつせる剣尖（けんせん）より殺されし八路の血はしずくして

刺突終え剣尖下げて黙し歩む教官の足跡ふちどるは血ぞ

人殺し笑まいつくろう教官の親族《うから》おもえば背《せな》の冷え来ぬ

深ぶかと胸に刺されし剣の痛み八路はうめかず身を屈《ま》げて耐ゆ

主《しゅ》の裁き厳しかるべし殺さるる八路《はちろ》を見つつ黙しおおせば

身の軋《(きし)》むいたみに見たりとめどなく衣袴《(いこ)》染め大地《つち》にくだりゆく血を

殺人《さつじん》演習の先手《さきて》になえる戦友《せんゆう》も人なればかも気合かするる

戦友《とも》の振るう初のひと突きあばらにて剣《つるぎ》は止まる鈍き音して

縄めあり手向う恐れ全《また》くなし気らくに突けと戦友は怒鳴らる

「やりなおし！」命うけ戦友は剣《けん》を引く殺すおののき背《そびら》に深し
いのち乞わず八路《はちろ》の捕虜は塚穴のふちに立ちたりすくと無言に
旧約のイザヤアブラハム思い出ず殺さるる八路《パロ》の胸張るを見て
かくのみにいつくしみなし戦争《たたかい》を聖《ひじり》と宣《のぶ》るやまとの剣に
屍《しかばね》は素掘の穴に蹴込まれぬ血の跡暗し祈る者なく

八路《はちろ》とはいかな人かや刑台にしばられつつも朋友《とも》の屍《し》をみる

生き魂《だま》の恨みは死霊《しりょう》にまさるとうわがうつしみを呪うは誰ぞ

きわやかに目かくし拒む八路《はちろ》あり死に処《ど》も殺す人もみむとや

驚愕《おどろき》は身を貫きぬ刑台に笑みつつゆるゆる立つ捕虜をみて

憎しみもいかりも見せず穏やかに生命も乞わず八路《パロ》死なむとす

徒らに剣《つるぎ》おびたるつわものに八路《パロ》の笑まいの澄むもむなしよ

天地《あめつち》の荒ぶ怒りか雲垂《た》り来みいつを理《わり》に人殺すとき

纏足《てんそく》の女《おみな》は捕虜のいのち乞えり母ごなるらし地にひれふして

〈註〉「纏足」は、中国における古くからの風習で、女性の足の第一指以外の四指を足裏に折り曲げて長い布帛で巻き込む事。

忽ちに女は引かる自が子の生命を乞うに手だすけもなく

地に額《ぬか》をつけ子の生命乞う母の望み断たれぬさるぐつわにて

生命乞う母ごの叫び消えしとき凜と響きぬ捕虜の「没有法子《メイファーヅ》！」

〈註〉「没有法子」は「仕方がない、諦めるさ」の意。中国語。

赭土《あかつち》の素掘の穴に仰向くも伏せるもありて屍《かばね》はや三つ

鈍き音塚穴《あな》にこもりて屍《しかばね》はまなこより消ゆ足にけられて

垂れ下る血は尽《つ》きたらし捕虜の手の捩《ねじ》れるさまに皺深みゆく

鍬《くわ》に付くへどろのごとし血とあぶら赤黒くして鐔《つば》に凝《こご》れり

屠場《とば》の臓物《もつ》放るがほども無造作に助教等捕虜の屍《し》を穴に捨つ

「もうよろし」教官言えば刺突止む肌色うせて垂る血なければ

涯《はて》し無き野に掘られたる塚穴に消さるるいのちの罪を知りたし

屍《しかばね》を見るべき命令《めいい》に歩み寄る素掘りの穴に暗き眼のあり

抗日の民族《たみ》の心か軀《むくろ》みなにび色の空を目見《まみ》にうつせり

みそかごとをぬすみ見る如きしぐさして戦友《とも》らの殺す八路《パロ》を吾《あ》は見つ

ものの怪《け》の地を這うさまぞ殺されし八路の血潮の流れ地なりに

祖国守《も》る心つらぬく若き八路刺し抜かれ突きぬかれ襤褸《ぼろ》となる身に

身のうちに吐くもならざる怒りあり虐殺否む戦友ひとり無く

虐殺の咎《とが》は誰が負う贖《あがない》の兵ひとりにては足るはずもなし

刺突せし戦友《とも》はいくたり刑台の捕虜の便衣《べんい》は血を垂る襤褸《らんる》

言うもならぬ現実《うつつ》ぞいまし演習に新兵《へい》十人は一人を刺して

傷みあり血を吹くほども激《たぎ》ちいて虐殺《ころし》とどむる手だてなし吾《あ》は

手も頬もすでに艶なく漂白《さらさ》れし布の色なり五突きもすれば

戦友《せんゆう》ら振るう剣の襖《ふすま》に捕虜の身のゆるるを見つついきどおろしも

掘り上げし土の湿れば血を吸いて色変り疾し墨流すより

〈註〉「墨流し」。染色技法。

あらがわず否まず戦友《とも》ら演習に藁人形を刺す如く突く

血に染まる塚穴《あな》の辺りに立つ古兵《こへい》捕虜殺し見つつ面も曇らず

〈註〉「古兵」は古年次兵の事。年次はすでに上等兵または兵長に昇進の年次を経過しているが、未だ一等兵のままでいる古年次兵に対する呼称。

刺されても呻《うめ》かず叫ぶこともなし八路《パロ》の誇りのゆえかあらぬか

祈れども踏むべき道は唯ひとつ殺さぬことと心決めたり

いのち絶えつづれとまがうその胸をなおし突けとうこれの酷さよ

血と人膏《あぶら》まじり合いたる臭いする刺突銃はいま我が手に渡る

虐殺《ころ》されし八路《はちろ》と共にこの穴に果つるともよし殺すものかや

新兵《へい》ひとり刺突拒めば戦友らみな息をのみたり吐くものもあり
驚きも侮《あなど》りもありて戦友《とも》らの目われに集まる殺し拒めば
殺さぬは踏むべき道と疑わず拒みしわれを囲む助教ら
鳴りとよむ大いなる者の声きこゆ「虐殺こばめ生命を賭けよ」
虐殺を拒めるわれを見詰むる目なかば諾《うべ》なうされど黙して

「殺す勿れ」そのみおしえをしかと踏み御旨に寄らむ惑うことなく

すべもなきわれの弱さよ主《しゅ》の教え並《な》みいる戦友に説かずたちいつ

上官の命令《めい》そは天皇《すめらぎ》の言と説く勅諭否《いな》みつ深くこころに

「捕虜殺すは天皇の命令《めい》」の大音声眼《まなこ》するどき教官は立つ

信仰《しん》ゆえに殺人《ころし》拒むと分りいてなおその冠をぬげと迫り来

「捕虜ひとり殺せぬ奴《やつ》に何ができる」むなぐら摑むののしり激し
縛らるる捕虜も殺せぬ意気地なし国賊なりとつばをあびさる
「俺が殺《や》ってやるこっちへ来い！」鋭《と》き叫びわが分隊長鷲津軍曹
からくりの人形《ひとがた》のさまに剣を振るう戦友にならわずされど怯えて
天皇はいかな理《わり》もてたれたもう人殺すことをかくもたやすく

捕虜五人突き刺す新兵《へい》ら四十八人天皇の垂れしみちなりやこれ

「次」「次」のうながし続き新兵の手をうつりゆく刺突銃はも

塚穴のまわりは血の海《み》四人目がひかれ来て虐殺《ころし》なお止まぬなり

襤褸《ぼろ》のさまの衣と血肉《ちにく》との境なし言ありやなし「虐殺」のほか

統帥権戦野に歪み極まれり咎《とが》なき者をかえり見ぬまで

やまとなる農の子ろいま唐国《からくに》の若きを殺し疑わぬかも

新兵《へい》らみな殺人《ころし》に馴れてきたるらし徐ろ(おもむ)なれど気合い強まる

逃げ処《ど》なきこころ抑えて戦友《とも》の振るう銃剣の音耳ふたがずにきく

殺されし八路《パロ》の生い立ち知る由なし親族《うから》もあらむわれにかわらず

はらからのあやめらるるに東巍家橋鎮やまと恐れて息ひそめおり

拷問をみる

殺人演習の後、古年次兵が行なう拷問をみる。「見学せよ」との命令であった。中国共産党第八路軍の「密偵」(スパイ)であると説明を受けた。未だ二十歳代と思われる女性であった。現場についた時には、すでに拷問が始まっていた。

天皇《すめらぎ》の将はさとしつ「忌《い》み避くるまなこはいなめ聖戦《みいくさ》のため」

乳《ち》を離れふところいでて二十《はたち》まりいまもろこしに拷問をみる

死の谷は越えしならむか拷問を受けいるスパイ目を閉じしまま

双乳房《もろちち》を焼かるるとうにひた黙す祖国を守る誇りなるかも

〈註〉拷問に乳房を焼くのは主に、女性に対する方法で、ロウソク又は菜種油の灯で乳首から焼いてゆく。

水責めに腫れたる腹を足に蹴る古兵の面のこともなげなり

〈註〉「水責め」は、四肢を梯子に縛りつけ、自由を奪っておいて、口に剣を噛ませ、やかんで水を流し込む拷問である。初歩的なものだと聞かされた。

拷問をあそびのさまに行ないて古兵ら口口《くく》にむだ言を吐く

ひとり冷め拷問する兵の面を見る人形《ひとがた》なせる獣とも見ゆ

みめぐみの生命をひとつくら闇に消しつつ古兵《へい》ら叨《ひたた》きており

亡びゆくみちを辿れのわが呪い乳房焼く兵を臭気の中に

拷問をみつつ苛立ち耐えかねて瞼《まなぶた》とじぬ煙《けむ》あみし如

密偵の生命果つるに戦友《とも》も吾《あ》もものも言わざりきこのなさけなさ

拷問とう禍事《まがごと》に果つる密偵になすすべもてぬ著《しる》きわが罪

きわやかに国のゆく末ことほぎて女スパイの首ついに垂る

終末《つい》のときわれの裁きは極まらむ拷問みつつ黙しおおせば

殺人演習と拷問見学終わる

むごたらしき殺しを強いし教官に衛兵捧ぐる礼《いや》のむなしさ

殺人演習を終えて帰れば営庭の白く乾きて人影もなし

新兵《へい》ひとり虐殺《ころし》をこばみ夜となりぬ未《いま》だ生きいて戦友《とも》と飯食《いいは》む

「不忠者」の焼印押さる飯のみはいまだ戦友らに変ることなし

「捕虜殺し拒める奴《やつ》はいずれなる」週番士官は興のあり気に

〈註〉「週番士官」は、一週間交替で勤務し、当該部隊の庶務万般を処理する将校。消燈ラッパの前に、担当部隊内を巡視する。

「渡部二等兵一歩前へ！」の号令に週番士官は確かめ終えつ

面《つら》見れば一升酒もくらうべしあわれ刺突を否むと冷笑

しろしめす御旨を恃《(たの)》み殺さざり驕《(おご)》れる者に抵抗《あらがい》てわれ

ましくしの寝床《ねど》に息吐き怯えいる捕虜殺さざる安さあるとも

捕虜虐殺《ころし》こばめる夜半《よわ》の星河見るゆばりをしつつ明日をいたみつ

殺人演習《さつじん》の夜は眠れざり刑台に笑みつつ果てし八路《はちろ》たちきて

殺人に拷問の演習終えし夜の救いなき想念《おもい》吐きどころなし

捕虜なみのさばき覚悟し酷《むご》き殺しこばめる後の落ち着かぬなり

さとされし戒めゆえに殺さざり春風日日に温《（ぬく）》みゆくとき

天地《あめつち》を震いて黄砂おそい来ぬ捕虜を悼むか神の怒りか

負革《おいかわ》も帯革《たいかく》もなき銃と剣「刺突銃」とう虐殺《（ころし）》専用

〈註〉「帯革」。ベルト。

兵器庫にすがたひそけき刺突銃つねの朝夕《あさよ》は予備品に似て

血ぬられし深き恨みに銃身《み》のさびてふるるものなきこの刺突銃

耳朶《みみ》うつは静寂《しじま》の如き怨みなり刺突銃とは誰が名付けし

血を吸いて酷きを重ねし恨みおび反《そ》るかげもなき三八銃なり

〈註〉「三八銃」。明治38年（一九〇五年）に制定された、単発式の歩兵用小銃。第二次世界大戦（太平洋戦争）中も、なお、在支軍の小火器の主軸であった。

戦友逃亡

捕虜虐殺の夜、未明、新兵一人逃亡。捜索隊長は、捕虜虐殺を指揮した新兵教育担当教官である。

戦友の「岡部」をみざり黄塵の朝の点呼に逃亡と決まる

逃亡《にげ》たるは夜半なりしとう虐殺の心いたみの捨処《すてど》欲《ほ》りしや

逃亡の足跡残る厠《かわや》より土塀をこえて麦青き野に

「戦友《せんゆう》よ、しっかと逃げよ」さがすべく隊列組みつつ祈る兵あり

逃げおおせにげのび行けよ地の涯に兵の道などとるに足らねば

逃げ去りし戦友《とも》をもとめて野をゆけば河北に麦の青はだらなり

天皇《すめらぎ》の兵を捨てしは逃亡ならず自由への船出と言いてやりたし

逃げて身をかくせる戦友をいたむがに日はくらくして黄風すさぶ

麦の畝《うね》またぎしところ足跡のはつかに深しわれもならいつ

逃亡兵岡部も農の子なりしか麦畝《むぎうね》踏まぬ心残せり

虐殺を指揮せし将の面みれば部下逃亡に苛立ちあらわ

探せども逃げたる兵の姿なく将はきびしく恨み言のぶ

麦青き野をしゆきつつ逃げうせし戦友《とも》にひと夜の安き祈りつ

35　戦友逃亡

信号弾上ることなく逃亡兵のさがしごと止む幾日重ねし
逃げ去りし戦友をあきらめ帰り道《じ》の隊列襲う砂塵凄まじ

リンチ

抗命兵に銃殺、斬首の即決はなかった。絞首刑もなかった。軍事裁判もなかった。勿論、営倉収容もなかった。しかし日々に加えられるリンチは凄まじく、昼夜の別がなかった。

〈註〉「営倉」は、旧日本帝国陸軍の兵営内にあって、陸軍懲罰令による犯則者を収容する建物。又そこに収容される罰をいう。「重営倉」と「軽営倉」とあった。

酷き殺し拒みて五日露営の夜初のリンチに呻くもならず

わが頬の激しく打擲《うた》るゲートルは全《また》く音なく血の出ずるらし

〈註〉「ゲートルによる殴打のリンチ」は、ゲートルを円く円筒状に巻き、一足分二本を一つにまとめ、楕円形とし、これを両手に一足分ずつ持って、両頬を殴るリンチである。殆ど音がでないので、消燈後のリンチとして用いられる。その激痛はすさまじい。

血を吐くも呑むもならざり殴られて口に溜《たま》るを耐えて直立不動

煮えたぎるこんにゃくふくむ熱《ほて》りなりゲートル二足のこの連打はも

かほどまで激しき痛みを知らざりき巻ゲートルに打たれつづけて

かかげ持つ古洗面器の小さき穴ゆ雫のリンチ頭《ず》に小《お》止《や》みなし

〈註〉　このリンチは、古洗面器にキリで小穴をあけ、水を満たして、これを頭上に高くあげさせ、雫を頭頂に落し、体全体がずぶ濡れになるまで洗面器に水を注ぎ足す。在支旧日本帝国陸軍の伝統的リンチであると聞いた。

音もなくリンチの雫頭《ず》にたれて軍衣袴《(いこ)》ぬらしふぐりちぢみ来

冷水のリンチはすでに幾時《いくとき》ぞおこりのさまに震えきたりぬ

手力《たぢから》のつきてかかぐる身のゆらぎ水をこぼせば背《せな》に流るる

班付《はんづき》はリンチの水を注ぎ足しつつ嘲笑《(わら)》いつつ「御苦労だな」

足裏《あなうら》も髪の毛もはや凝《こご》りたり氷《つらら》の衣袴をまとう心地ぞ

古軍靴《ふるぐつ》と木銃構えし助教《じょきょう》らは人情《なさけ》ありげに「歯をくいしばれ」

〈註〉「木銃」は銃剣術（いまの自衛隊における「格闘技」に相当する）に使用する樫の木製の用具で、三八式小銃に着剣した長さに造られており、リンチに使用する時は、これの銃把に相当する部分で殴打、先端部分で突き倒すなどをする。

リンチならず軍事教練の一なるを助教ら説くも諾《うべな》わぬわれ

新兵《へい》われに私刑の教官助教助手生きの限りをその面《も》忘れめ

天よりの声きき徴《しるし》しかとみて私刑に耐えむ召しのあるまで

〈註〉「召し」。天なる神のお召し、死。

死ぬものかリンチを受けて果てんには小さき生命も軽からぬなり

兵われは固く否みつ「ますらお」の呼名受くるを私刑の中に

口腔《くち》腫《は》れてさ湯もふくめぬわが前に戦友《とも》らうまげに味噌汁を食《は》む

私刑うけゆがむわが面《も》にしらじらし今朝の教官理由《わけ》を問いたり

むごき殺し拒めるわれに「天皇《すめらぎ》の賜える罰」を何くそと耐ゆ

虐殺をこばめばリンチは日夜なし衛生兵のみなぜか優しも

〈註〉「衛生兵」は、旧日本帝国陸海軍の兵科の一つで、軍医の助手をした。

炊事苦力《クーリー》ゆき交いざまに殺さぬは大人《たいじん》なりとぞ声細め言う

〈註〉「苦力」は労働者の事。「大人」は、立派な人、といった程度の意。
いずれも中国語。

「教練」も「賜物」とうも私刑《リンチ》なり木銃帯革軍靴ゲートルすべてくらいぬ

気抜けして浴びされし水の鼻に入り呼吸《いき》かなわずにわれは還りぬ

後の日のそしりを恐れ戦友らみな虐殺拒みしわれに素気なし

「死」に比べ凄《さむ》しきリンチに今日も耐ゆ生命の明日は思《も》わず望まず

はつかなる自《おの》が時間《ときほ》欲り用もなき厠に入りてかがみ目を閉ず

〈註〉「はつかなる」。ごく少ないの意味。

たまゆらの自由なれども厠にて得たるは長し不安なるまで

〈註〉「たまゆら」。しばしの間。

最終審判《さばき》ある日まで生くべし捨て石に宮居《みやい》のたとえ疑わずして

〈註〉「最終審判」。天地創造の神のみ手による、現世終末時のさばき。

安心《あんじん》を欲《ほ》り止まざれど抗命兵朝夕《あさよ》の祈りつぶめきの如

体制にそむけば苦《にが》き身に沁みぬ戦友《とも》すらわれに口いと重し

なすまじきことを守《も》りしに「抗命」の咎めをうけつ日日の私刑に

萎え果てて独り言する声細しこの耐え難きとるすべありや

眼《まなこ》とじひと突きすれば済むものを汝の愚直さようと衛生兵なり

衛生兵のわれを諭せる言重し「汝の逃亡は銃殺刑ぞ」

信仰も思想も脆きものと知る人倫《みち》ふみしのちのわれを支えず

捕虜殺し拒める報い顕顕《うつうつ》しむごき私刑の昼も夜もなし

明日のなき兵のひと日に疲れはてただわけもなく自《おの》が時間《とき》欲る

「不忠者の二等兵」われに課せらるる任務《つとめ》は常に戦友よりきびし

天皇《すめらぎ》の赤子《せきし》の軍になぶり殺しうくるとも吾《あ》は踏みたがうまじ

〈註〉「赤子」。一九四五年八月十五日第二次世界大戦（太平洋戦争）敗戦まで、将兵を天皇の子と見立ててこう呼んだ。軍国主義的政策上、天皇を親と見立て、将兵を鼓舞した用語。

この生命河北のはてに朽つるとも容るるあたわぬ将ひとりあり

現人神《あらひとがみ》たまいし兵の道ひとつ諾《うべな》わざれば不忠者とや

〈註〉「現人神」、一九四五年八月十五日敗戦するまでは、天皇をこう呼んだ。昭和天皇裕仁を指す。

うつろなる目見《まみ》あつまれり教官のさげすみ受けて立てるひとりに

朝光《あさかげ》は兵舎に溢（あふ）れあらがいし兵を生かしめ地は廻《めぐ》りゆく

山上垂訓《みおしえ》をかたく踏みたるてむかいぞ小さき在り処《ど》も易からぬなり

〈註〉「山上垂訓」。新約聖書マタイ伝第五章の山上の垂訓。

匍匐《ほふく》私刑うけいるわれを嘲笑い決まれる如き古兵の言葉

這《は》いずりて銃を捧げて営庭を三度《みたび》廻れば肱は血を吹く

私刑傷《きず》いたみ夜半いねがてに首筋のうそ寒ければ新兵《へい》は死を思《も》う

分りいて戦友《とも》らに詫るすべもなし自が責なる対向ビンタに

〈註〉「対向ビンタ」。リンチの一種。叱正を受けた者が所属する分隊(班)員が全員対向整列して、互いに相手を殴り合う。隊員が奇数で、端数となった隊員は、叱正を受けた者がこれに当てられ、班付上等兵がこれを一方的に殴る。この場合、班付上等兵の殴るのは手ではなく、古軍靴で作った営内靴と呼ばれるスリッパである。口腔は千切れてしまい、なおるのに数日かかる。

消燈のラッパ響《とよ》動みて対向ビンタ終ゆ腹の底より湧く怒りあり

なにゆえに生命分け合う戦友《とも》を殴る現人神《あらひとがみ》の諭しとは言え

三八銃両手《もろて》にかかげ営庭を這いずり廻るリンチに馴れ来

東巍《とうぎ》家橋鎮《かきょうちん》の村人

むごき殺し拒める新兵《へい》の知れたるや「渡部《とうべえ》」を呼ぶ声のふえつつ

殉教をおごるにあらずひた直《なお》く師ののたまいし道踏みしのみ

小さき村の辻をし行けばもの言わず梨さしいだす老にめぐりぬ

清《さや》に澄み据し幼の目見《まみ》に逢う皺深む手をしかと握りて

村人のまなざし温《ぬく》しいと小さきわがなしたるを誹《そし》ることなく

わが名のみ聞き分け得るも行く辻に媼《おうな》おきなの会話《はなし》分たず

見も知らぬ翁《おきな》の給う冬ごしの梨うまけれど渇きいえざり

柔らかにもえ立つ春の陽だまりの村人の微笑《えみ》に救い覚えつ

逃亡兵逮捕さる

兵役《つとめ》捨て逃げたる戦友（とも）の逮捕《とらわれ》の情報はしる疾風《はやて》のさまに
小声にて「岡部逮捕」をつげし戦友洗濯はじむわれのかたえに
逃亡兵逮捕のしらせ伝われば新兵はみな目にてもの言う
穏《おだ》しくて言葉少なき戦友《とも》なりき「営倉」なれば逢うもならざり

逃亡の戦友のとらわれ聞きし夜も甲斐なきことと吾は思わず

幾夜々を野に伏し怯え寝ねたるや運命《さだめ》の女神戦友にたたざり

逃げのびよにげおおせよのわが祈り戦友にみのらず逮捕《とらわれ》はてぬ

保安隊長誇らし気なり逃亡の岡部を捕え胸張りて笑む

〈註〉「保安隊長」。旧日本帝国陸軍の支配地域における、中国傀儡《かいらい》政府の軍隊。その長。

営倉の戦友の衣袴にはボタン無く帯革《たいかく》も紐も付かぬと聞きぬ

〈註〉営倉収容者の自殺防止のため、衣類のひも、ベルト、ボタンの一切を取り除く。

教練と生活

「戦友《せんゆう》」を忌む教官は軍歌演習に望みし新兵《へい》を蔑《さげす》み果てつ

〈註〉「戦友」。日露戦争、一九〇四〜一九〇五年(明治37〜38年)以来、旧日本帝国陸軍において歌われた軍歌。しかし第二次世界大戦(太平洋戦争)末期の一九四三年頃から、その歌詞が厭戦的であるとされて、旧軍部はこれを歌わせない事にした。「軍歌演習」は、士気を鼓舞するために、行軍の際など、大声で軍歌を歌わせる事。

肉刺《まめ》破れまめの中の肉刺も形なし六粁(キロ)行軍三日つづきて

〈註〉「六粁行軍」。完全軍装と呼ばれる重さ三十キログラムの背のうを負い、五十分間に六キロメートルを歩き、十分間を小休止する行軍演習。通常は二昼夜ないし三昼夜を歩き続ける。

靴下に肉刺《まめ》のあと著《しる》く滲みたり血も混りいて熱《ほて》り激しき

六粁行軍に列をし離《か》れば虜囚《とりこ》とぞおどし受けつつ耐えぬ新兵《へい》らは

ささめきの一語も力そがるるを知ればひたすら黙し歩めり

重く痛む足指《あゆび》まるめて声ころし呻きも抑え歩むふた夜を

幾日かひげそらざりし新兵の面見し士官蔑みを言う

夜間行軍にむさぼり眠る小休止新兵互《かたみ》にからだつなぎて

〈註〉新兵の夜間行軍の際は、脱落、落伍、逃亡等防止のため、ロープで新兵の体を互いにつながせた。

戦友《とも》に結《ゆ》う縄にひかれて目覚めたり足らぬ眠りに飢えを残して

身をつなぐ縄解くむくいを戒むる古兵の言は疑わず聞く

夕かげの東巍家橋鎮の片隅に射撃準備する日日に馴れきぬ

人型《ひとがた》の標的《まと》をし据えてしたくするくらみゆく空に心なえつつ

夜間射撃の演習終えて夜《よい》深むかたしゆく標的の音の乾けり

八貫の背のうになうかけ足を叱咤する教官の馬上をうらむ

われ並にひとつ星なる一小隊いたく疲れていずくより来し

〈註〉「ひとつ星」は、旧日本帝国陸軍の「二等兵」の事。正しくは「陸軍二等兵」。最下級である。

わがうちし弾丸《たま》みな当たる標的までの距離は三百手旗ふられつ

狙撃手にかなう腕とうほめ言を身の毛のよだつ心地して聞く

射撃のうで戦友《とも》に優るとも人殺す尖兵《へい》になるまじ弾丸そらすべし

新兵《へい》の涙《なだ》たる間もあらず深県《しんけん》の赭土の原に検閲始まる

〈註〉「深県」は、中国、河北省の深県県城のある町。

部隊長腹つきいだし検閲す新兵ら地を這い走り突撃

「赤玉」のあだ名を持てる部隊長ネロの如くにおごり昂る

演習を土饅頭《どまんじゅう》によれば野花ありたまゆら故山の春を偲びつ

演習の朝ゆきかいしとぶらいの列に泣き人声のみ高し

〈註〉「泣き人」。中国において、葬儀の時、その家族の悲しみを訴えるために雇われ、泣き声を張り上げる者をいう。多い時は数十人も加わっている。中国の風習。

擲弾筒弾丸飛ばず炸裂す硝煙一瞬血しぶきに消ゆ

〈註〉「擲弾筒」。旧日本帝国陸軍歩兵の、携帯用小型火器で、比較的近接戦闘に用いる。その弾丸は、ごくまれにではあるが、発射しても飛ばず、筒内で爆発する事がある。この場合、周囲の兵員は殆ど死傷する。

戦友ひとり半身《はんみ》のむくろになり果てぬまわりは血肉に染る驚き

血の桶をまけたるさまに横たわる屍《かばね》にはやも蠅は集まる

〈註〉「まける」。私の郷里山形県小国町一帯の方言。「撒く」(他四)から出たものか。

息のみて半身の軀《むくろ》に走りゆく虐殺指揮せし教官を見つ

麦の青はだらに染めて戦友《とも》爆死とび散る肉に逃げ水はげし

いたましく散りぼう戦友の肉を拾う軍手は土と血にて凝《(こご)》り来

青き麦染めたる戦友の肉拾いまだ知らざりし匂いに咽ぶ

とおりくる血にぬめりゆく指先は軍手の中にさけ処《ど》を欲《ほ》りぬ

拷問もむごき殺人《ころし》も常の如振る舞う古兵《へい》の面も曇り来

なにを残し死にたる戦友か北支那の野にかなしみはただにひろごる

「オイ！　渡部お前が持て」軀指す教官の目の赭く濁れり

血と肉と赭土混るひと袋持てば慮外の重さなりけり

ついかの日麦の広野は斑《はだら》なりき穂孕《ほばら》みそめて戦友肉きれに果つ

「事故とすな戦死つくろえ」教官の暗き一語に賞めごと決まる

ことゆえに死にたる戦友のいたましさいつわるしまつに深くこだわる

事実《こと》を曲げ戦死謳《うた》うも諾《うべな》わぬ兵らは黙す理《わり》もただせず

隊長に教官はかるでつぞうの戦死いくたり勲記も添えて

〈註〉「でつぞう」は捏造のこと。

みなひとつ病死も戦死も変りなしついの立処《たちど》の兵のみちなり

戦死公報にでつぞうあるとは知らざりき白き不思議よ骨代《こつしろ》の紙

〈註〉 第二次世界大戦(太平洋戦争)中は、死亡事実確認困難な場合等は、骨代として、白紙の小片を一枚、遺骨がわりに骨箱に入れた。

昨日ひとり笑まいて擲《っ》弾《っ》筒をみがきいし戦友《とも》を荼毘《だび》にふす火は放たれつ

事故死せる戦友を焼けども散りぼいし屍《かばね》はあぶらのしたたりを見ず

戦友を焼く煙は白くたゆたえりふくらみそめし麦の穂波に

擲弾筒炸裂事故死の補充要員虐殺《ころし》こばみしわれの名指さる

亡き戦友の後うけ擲弾筒を肩に征《ゆ》く伏せられし将の意図《こころ》はからず

でこぼこの土間にぬがれし営内靴《えいないか》死の前ぶれか僅《はつ》か揃わず

〈註〉「営内靴」。スリッパ、サンダル。

日干し煉瓦の兵舎にともる麻油の灯の仄暗ければ心なごまず

衣袴《いこ》盗らる代替《かわり》なければリンチとうならい恐れて物干場《ぶっかんば》にゆく

〈註〉旧日本帝国陸軍には、新兵が入隊、転属などしてくると、その新兵に支給されている、新しい衣類(軍衣袴や肌着、防寒シャツなど)を、物干場で盗み、自分の古着と交換する風習があった。盗られた新兵の方に、代替衣袴等が残されていないと、盗まれた新兵は「とろい」という理由でリンチを受けなければならなかった。新兵にとって、洗濯物干しは、鬼門であった。軍という隔絶された社会ならではの風習である。

盗まれし衣袴とは似てもにつかわぬ古着残れどわれはほとする

「やられたか」助教にがわらい新兵の衣袴盗られたる夜のかなしみ

古衣袴に名札つけつつ軍という隔離《はな》されし社会《よ》のてぶり嘆《な》きいる

厠にてたばこ吸いたる戦友《とも》ひとりリンチ受けおり腕立てふせの

かすめうばい女《おみな》を犯し焼き払うおごる古兵も「赤子《せきし》」とうかや

人無きを確かめて佇《た》つ物干場日だまり求めいきを抜くべく

飯上《めしあ》げの号令かかる新兵はどどと走れり食缶を手に

〈註〉「飯上げ」は、厨房に食事を受領にゆく作業。「食缶」は、米飯味噌汁などを入れる専用バケツ。

気をつけ！は響動《とよ》みわたりて内務班のくつろぎ断たる士官入りきて

〈註〉「内務班」。兵の居室。十ないし十五人単位で一班(一個分隊)を編制。旧日本帝国陸軍では所属と場所を選ばず、士官には敬礼することになっていた。例えそれが便所の建屋の中であっても。室内の場合には、第一発見者が大声で「気をつけ」の号令をかけることとされていた。

歩兵操典黙しひた読む新兵《へい》多し今夜《こよい》は鑑《かがみ》の居並べる如

〈註〉「歩兵操典」。旧日本帝国陸軍の歩兵教練の制式、戦闘原則などを定めた教則書。

救われし思いかこちて寝床《ねど》に入る消燈ラッパ尾を引く中に

呟《(つぶ)》めくは婚《あ》いたる戦友か麻油の灯の消されし闇に名残るひと言

寝床に入り恐るることはただひとつ非常呼集のラッパの響き

〈註〉「非常呼集」。敵襲の際は、非常を告ぐるラッパが吹鳴される。又その演習も同じ。

よみの影戦闘《いくさ》に怯え眠れざり戦友《とも》はのびやに寝息たつるも

続けざまに理《わり》なきことの浮かびきて戦友の寝息に苛立ちており

抵抗のせんなきことと分りいてなおしひかえぬさがは誰《た》に似る

土塊《つちくれ》を食《は》みたるほどの苦《にが》さなり黄砂の寝床《ねど》に積る朝けは

戦野なれば粗末の極み寝台は枕箪《ちんたん》敷きて十五並べり

〈註〉「枕箪」。アンペラのようなもの。

言うものならぬ心地に見たりしぶきなき河北の広き麦の波折《なおり》を

もの書くは厠と決まる新兵《へい》われになに指図なきひと時なれば

いずくより如何な運命《さだめ》ぞ北支那に身を苛《さいな》みて慰安婦は来ぬ

「尽忠奉公慰安婦来たる」の貼紙を見つつ戦友等にならわぬひとり

天皇《すめらぎ》の軍《いくさ》に傲り支配者の昂り持ちて兵等ざざめく

三銭のハガキ一枚に兵はありいかな費《つい》えに来し慰安婦か

兵等みな階級順に列をなす浅ましきかな慰安婦を求《と》め

終身の未決囚の如き兵等いま慰安婦のいのち踏《(ふ)》み躙《(にじ)》るなり

弾丸《たま》の雨あぶるよりなお心冷ゆ慰安婦来たりうごつく群に

唐国《からくに》の大地を濡らす慰安婦の涙を凌ぐ犠牲《いけにえ》ありや

いかなる権力《ちから》の故に連れ来たり遠き戦野に人を売るとは

慰むる何なき傷《いた》みかこつ女《め》に兵等の心安らうとうか

苦力《クーリー》のかつぎ行きたる棺《ひつぎ》見つ聞けば慰安婦急死せるとう

長旅を戦野に来たり土壁のさ暗き部屋に慰安婦の惨！

慰安所に足を向けざる兵もあり虐殺《ころし》拒みし安堵にも似る

〈註〉当時の私は、「慰安婦」は韓国人女性自らの意志によるものと教えられていた。しかし敗戦後四十五年たった一九九〇年になって、韓国人女性に強制したものである事を、韓国人の詩によって知った。よって、この一連の歌は自分の知英足らざるを思い、削除を考えた。が然し、私の当時の実感として、そのまま残すことに心をひるがえした。

公用《こうよう》外出に遊び惚けて梅毒をもらいし古兵恥ずることなし

何気なく「赤壁の賦」を口ずさむ吾《あ》をいぶかしむ戦友《とも》の面《おも》あり

日日《にちにち》に戦友らは荒《すさ》み花賞《め》ずるわれを蔑《さげす》む軽き言葉に

味噌汁の豆腐の数も羨《とも》しぶは新兵《へい》の切なさ分けてほとする

この村にたむろしすでに百余日麦秋ちかく梨花すでになし

夏さりて花なきことを書きたるも検閲ゆえにわだかまるのみ

汗匂いときに虱《しらみ》をみるもあり軍衣袴のまま寝《い》ぬるに馴れ来

なぐり込み切りこみ爆死を日日叫《おら》ぶ将をし見つつ哀れもよおす

認識票錆《(さび)》ふきいでぬ夏すぎて未だ六月《(むつき)》余の征旅《(せいりょ)》とうとも

〈註〉「認識票」。将兵の死亡時に、その確認を容易にするために付与される、一連番号の刻印された金属プレートである。当初は黄銅製であったと聞くが、敗戦近くなるに従い、物資不足から鉄製となった。

戦野《いくさの》は新兵ひとりのいたみなど顧みられぬものと知りたり

父、信仰ゆえに一九四四年六月十二日朝、逮捕さるとの便り受く。すでに秋。

故里の父囚《とら》われし一字ありて親族《うから》の浴ぶる八分おそるる

特高犯未決の父の初便り検閲のしるし黒く押されて

墨に消す検閲の文すかし読む東條内閣すでに潰(つ)えしを

父とらわれうからの便りはたと断ゆ検閲ゆえか特高犯なれば

夢にたつ父に驚き起きいでつ惜しむべきものを確むるべく

「特高犯スパイの親族《うから》」に米麦の差別さるるを母書ききたる

〈註〉第二次大戦中は、食糧はすべて配給統制されていた。

妹《いも》達の写真《うつしえ》きたる俊子のみなにを病めるややせさらばえて

とらわれてすでに七月《ななつき》顔面神経痛病みいる父を母はしらせ来

囚われし父の未決の長き余《ま》り心いたみて母病むを知る

僅《はつ》かなる兵の給与を送りたり案ずるなとうくにの母者《ははじゃ》に

母の文検閲うけて墨塗られ読むところなし来《こ》ぬにひとしも

基督者なりしがゆえの囚われを便りに母は認めしらし

「汝が父は反戦となえ逮捕さる」まなこきびしき憲兵の声

湖水作戦

天津市内を流れ下り、渤海湾《ぼっかいわん》に注ぐ川「海河《かいが》」の上流で、共産党第八路軍が堤防を切った。濁流は一夜にして大湖を形成し、盆を浮べたように小さい村落が点在していた。多少の高低差で、いくつかの村落が陸続きのようになっているところもあり、その地の利から、共産党第八路軍の行動拠点となっていた。その抗日の村々の討伐に、通信兵として出動させられた。わが方の出動兵力八百余名、うち戦死二百五十名、負傷百七十余名の負け戦《いくさ》であった。水上に死に、畑につえ、小さな村の辻に屍を曝した。

生き死にかかわりのなき日日ありて出動準備に怯えつついる

〈註〉「出動準備」。敵の作戦行動が開始されたという情報を入手し、討伐準備をする。

敵の情況《さま》夜半に動けば命令《めい》ありて無線機負いつ固く冷たし

ざつくざくざく足並揃う兵の列反逆心《そむきごころ》はうちのいくたり

ゆるやかに鍵をえがける雁の群高粱畑《こうりやんばたけ》のはたてに消えぬ

〈註〉「高粱」。もろこしの中国名。この実で中国酒を造る。又貧しい人々はこれを飯米代りとして食べる。稲科の一年草。

部隊本部夜半いで来たり湖《うみ》にいず八路《パロ》のかくれ処《ど》つかむすべなし

討伐を出征《いゆ》けば細るひと筋のいのちの傷み戦友《とも》にも言えず

天津の紅き灯溶かし抗日の恨みもこめて海河流るる

破片創の血しぶくさまにいたましも堤防《つつみ》崩《く》えつつ川のさかまく

堤防斯く八路《はちろ》がきりつ一夜にて太湖生《あ》れしを古兵語れり

日に月に広ごり止まぬ俄《(にわ)》か湖《うみ》抗日ごころ昂《(たか)》むるが如

この堤防きりはなたれて幾年か浮かべる村にも人は住みおり

討伐は死への門出と分りいて隊列の中に安らぐはなぜ

仄白く飛ぶ火上りぬ彼《か》わ誰《たれ》時《どき》われら出征くをすでに知りしか

死ぬことをうべなうとうも背のうに糧秣《かて》も弾丸《たま》をも兵は満たせり

古《こ》兵《へい》らは千人針をあさめども言返《ことかえ》さずに新兵巻けり

〈註〉「千人針」。一片の布帛に、千人の女の人が赤糸で一針ずつ縫って千個の縫玉を作り、戦地へ出征する将兵の武運長久、安泰を祈願して贈ったもの。初めは「虎は千里を走って千里を戻る」の伝説から、寅年生れの女千人の手になったものといわれる。
〈註〉「あさめども」は、いさけるけれど。「諫《あさ》む」＝忠告する。

木造りの小舟連並《つらな》め討伐に日をかさねつつ敵のかげ見ず

俄か湖《うみ》小村を浮べ水赭く静かなるかな抗日の拠点

諦めて死のこととわぬひと筋の兵の切なさ言う者はなし

月光《つきかげ》の冴えて鋭き湖に軀《むくろ》の如く枯棗立つ

静けさの極まるなかに弾丸《たま》うたぬ八路《はちろ》に対う夜のおののき

弾丸うたぬ八路《パロ》の在り処《ど》をはかりかね月をあみつつ黙す兵らは

赭き湖《み》に高粱枯れてゆらめけり収穫《とら》ざりしままの姿に見えぬ

稔りたる畑さえ沈め悔もなく八路《はちろ》の夢に農等賭けしか

眼間《まなかい》の稔り抛《なげう》つ抗日の民族《たみ》なお強きいわれなになる

ひたすらに祈り足踏む霜月の不寝番のときを夜襲怖るる

膠《にかわ》さえ折ると言わるるこの厳寒《さむさ》耐えてオリオンの大き見上げつ

足ふみてあらねば足指《あゆび》は凍つかむ明日の生命を恃むならねど

村の四方《よも》銃眼低く水面《みも》にあり抗日戦の長き智慧かも

〈註〉「銃眼」。城壁に、小火器を発射するために設けられた、小さなのぞき窓。

靴底に擦れるマッチの青き火に炎あがりぬ民家《いえ》を焼くなり

隠れ居し老か火達磨に叫びつつまろびいでしを兵は撃ちたり

姿なき民の恨みか放たれし炎の猛く面そむけ去る

燼滅(じんめつ)は夜半におよべり見返れば地平火の海これも戦《いくさ》か

誰を責めむいざり火にも似て村を焼き眼路《まなじ》の限り天に連なる

燼滅《じんめつ》作戦に潰えたる村に抵抗《あらがい》なし月のみさびし冴えとおりつつ

村は燃ゆ火の海《み》のさまに際涯《はたて》なしいずくに眠る支那の農らは

放たれし火は棟を抜き直と立ち家ごとなればぐれん屛風ぞ

家焼かれ住処《すみか》のありや広き国支那とはいえど貧しき農等

抗日のちから弱むるすべという村焼く無道を誰がいつより

三光《さんこう》の余《ま》りに凄《さむ》しきしわざなり叫び呻きの耳朶《みみ》より消えず

〈註〉「三光」。中国で「殺す(殺光)、略奪(槍光)、焼く(焼光)」をいう。

人かげを見ればやまとを容るるとう老支那人《おいからびと》の空答《そらごた》えおり

水夫《かこ》はみな支那人なれば八路《はちろ》追うわが乗る軍舟《ふね》の脚ゆるやなり

広き湖《み》に月の鋭くわが乗れる小舟の行方頼りなげなり

遠くよりチェコ機関銃の響動《とよ》みきぬ怯ゆる新兵《へい》の嘲けられつつ

〈註〉「チェコ機関銃」。チェコスロバキア製の軽機関銃で性能抜群。中国共産党軍の軽火器の主力であった。

暗号書両脇腹《もろわきばら》にかかえいて寝返るたびに軋み覚ゆる

弾丸《たま》音《おと》の止むたまゆらは死の谷に立ちたる如きおびえに震う

衣《きぬ》ずれの音さながらに砲弾は頭をかすめ眼間《まなかい》に炸裂

幾刻《いくとき》か歩兵砲の攻めの続くとき弾着よめる声きわやなり

自《(おの)》がせる尿《ゆばり》の匂う地に伏しつ八路の弾丸《たま》の頭かすめて

チェコ機関銃弾戦友《とも》のあたまに渦巻の火傷《やけど》を残しいずくにか消ゆ

楽し気に強姦《おかし》を語る古兵いま八路《パロ》の狙撃に両脚《あし》うち貫かる

自がせる尿凍《いばりし》みゆく音きこゆアルミと紛うかげり見せつつ

「たばこ吸え睾丸《きんたま》下げよ!」大き声につつ音止みぬ将のきわまり

謀《はか》ることならぬ部隊長の苦しきか述ぶる電文意をしなさざり

敵の弾丸つづけざまなれど高粱《こうりゃん》の腰ためなればゆとりに伏しつ

無線兵の腰に残れる手榴弾古兵《へい》はよこせと大き掌を出す

おもむろに間《あい》をつめきし八路のかげ戦場《いくさば》なればば人は匂わず

わが掌より手榴弾をとりし兵の腕夕光《ゆかげ》の中に大き輪をかく

わが立てし空中線は視準かも敵の弾着近くなりつつ

敵陣は幾重に布《(し)》くや飛びきたる弾丸《(たま)》の威力《ちから》に著《(しる)》く差のあり

暫くは空中線ふせよの命令《めい》下り動けば重機われを狙い来

〈註〉「重機」。重機関銃。

取解きしアンテナ低くたてたれど応え得られず手首痛み来

キイ打ちて幾夜の眠り浅かりき乱数表のゆらめきて見ゆ

〈註〉「乱数表」。0《ゼロ》から9までの数字が、完全に無秩序に並べられ、かつ、全体としては、出現頻度が目的にしたがって、等しくなるように配列した数表である。第二次世界大戦(太平洋戦争)中は、軍用電報の暗号化に使用されていた。

将乗れる舟としみるや狙い撃ち連断こもごも試しうつがに

〈註〉「連断」。連は弾丸を連続して撃つこと、断は単発で撃つこと。

水面《みなも》うち弾道上げて左右《さう》に掃く八路《はちろ》の射手の巧み極まる

昼はうち夜は待ち伏して幾にちかこの討伐は負け戦闘《いくさ》かも

夜《よ》は撃たぬ八路《パロ》を部隊長は訝しむたまさかときくもわれはほとする

銃音《つつおと》は日暮に止みて照明弾つづけざまなり襲い来るかや

八路がうつ照明弾の青き光《かげ》狐火の如ゆらゆら舞えり

照明弾くらき水面《みなも》にきらめけばわが舟群《ふなむら》を照し余さず

深みゆく闇に弾丸《たま》音《おと》たえしとき乾パンくらう生の証ぞ

飢満たす獣のさまに乾パンを食《は》めば咽喉《のんど》のつかえ苦しき

照明弾青く光《かげ》りて掌《てのひら》に乾パンの淡き色の浮きたつ

照明弾あまたうちしはにぐるすべはかりしならむ襲いきたらず

にらみ合う三日二夜は長かりき物原《ものはら》のさまに屍《かばね》ふえつつ

敵軍の銃眼が見ゆ人かげも水《み》の上《え》にわれらかえすもならず

重機関銃わが舷側をうち抜きぬ積みいし味噌の匂い広ごる

水(み)づく米饐(す)うを知りつつ手段《てだて》なし舷側の穴に水止めのまま

火ふきいし銃眼に砲は命中《あたり》たり一瞬八路《はちろ》の姿空《かげくう》に浮く

赭き土ふめば生きいる証し見し心地するなり理《わり》はなけれど

四日三夜うち合い続きこの闇についに死ぬかとふてくされたり

勝負けはなおし決まらず深みゆく死への怯えをかこつ哀れさ

戦傷の呻きの中に屍《しかばね》は匂い立ちつつ又暗みきぬ

濁り水《み》に病むおそるるも歯を磨く四日目なればいささ耐えかね

賭き水戦友《とも》は飲みたりおずおずとことなきを知るもわれのためらい

湖《うみ》の水ついに飲みたり濁れども咽喉《のど》をこしつつなにごともなし

弾丸《たま》の音ひたと絶えたるたまゆらの静寂《しじま》に戦友の呻き重かり

怒りうつす言《こと》とし紛う声もあり深傷《ふかで》の兵の横たう谷地に

この海河《かいが》渤海湾《ぼっかいわん》に注ぐなり遠ふるさとはその東方《ひんがし》に

「無線兵は突撃すな」の命令《めい》ありて戦友《とも》より生命の延びし心地す

ラッパ手はいかな姿勢《すがた》に吹きしならむ突撃ラッパ凜とひびきぬ

突撃のラッパとよみて兵らみな獣の如き叫びあげたり

突撃の叫びの中にか細くも部隊本部のモールスきこゆ

突撃のなにもかもなき機会《とき》にいてたまゆら未決の父を偲びつ

むやみやたら臼砲《きゅうほう》うち来《く》やごとなし無線兵われは腹ばいしまま

〈註〉「臼砲」。砲身が口径に比して短く射角の大きい砲。比較的近接戦に使用する。

突撃は地鳴りのさまに遠ざかる手動発電機の音たいらなり

ひた黙し戦友《とも》の廻しいる発電機八百の兵のさだめかかれり

小さき村ひとつを攻略《とり》て戦闘《たたかい》は漸く終えぬ戦死二百五十名

怯ゆなと誰が言うとや戦友らの死二百五十の現実《うつつ》を前に

軍医欠き衛生兵ひとり死傷五百なすすべもなきつぶめき低し

弾丸《たま》はきれ米すでになし傍らの戦友がくれたる乾パンの屑

戦友が給《た》ぶ乾パンの屑に胸つかゆ生命の保証《あかし》うけし心地に

乾パンの屑に足らいしこころかなし戦友の面輪《（おもわ）》の輝きて見ゆ

「死」に怯え思想も信仰《（しん）》もあとかたなしひと日のいのち延びし安らぎ

戦場《いくさば》に生命惜しむは蔑《なみ》さるる在り処《ど》と知れど生きて還りたし

怯《（おび）》え閧《（どき）》くちにいださずかこつ日日運命《さだめ》とは知れつかえて苦し

読みさしの書《ふみ》をかぞえつ昴りてここに死すべく諦めしとき

ついにしも八路《パロ》は指令所かえるらし狼煙《のろし》上りて白く流れぬ

黄雲の遠のくさまに弾丸《たま》音《おと》の途切れとぎれに八路《はちろ》退きゆく

部隊本部弾丸の補給に答えなくぎりぎりのとき戦闘《たたかい》終る

傷負いし友らを援け舟をこぐ八路《パロ》に機関銃しき降るさまぞ

何を食《は》み逃《のが》れしならむへつついに高粱の飯《いい》の赤き湯気立つ

ぼうと光るものを確かむ戦友《とも》の屍《し》の尾錠《びじょう》に星の映えしかげなり

〈註〉「尾錠」。バックル。

殺人演習に新兵《へい》のさき手を担《にな》いたる「今野」は戦死第一号となりぬ

新兵四十九人初の戦死は「今野」なりさだめというか額《ぬか》射抜かれて

眼間《まなかい》に身の死にざまもかくかとぞ戦友の屍《し》見つつ落着かぬなり

瞼《まなぶた》を閉じず死ぬあり半ばをしあくる屍もあり戦場なれば

貫通も盲貫もあり相つぎて戦友死にゆくに覆い足らざり

千切れたる千人針はあけに染む戦友の臓腑とないまぜし如

瞼《まぶた》垂り脈弱まり来おもむろに冷ゆる生命にかす手だてなし

血にぬれし手にて屍《かばね》の瞼《まなぶた》をしずかに抑う衛生兵はも

屍《しかばね》の朽ちそめ匂うこのうつつ生は自れが守《も》らねばならず

さ穏《おだ》しき死顔もてり捕虜虐殺を拒みし吾を諾《うべな》いし戦友《とも》

大塚の思想を説きし古兵《へい》も死す朝毎おもう今日はわれかと

〈註〉「大塚の思想」。大塚久雄東京帝国大学(現東京大学)助教授の、経済史に関する学説。この古兵も反戦だった。

血泡ふく盲貫創に喘ぎつつ戦友ひたすらに水を欲《ほ》るなり

〈註〉「盲貫創」。盲貫通銃創。弾丸等が体の中に留まってしまう負傷。重傷者に水を飲ませる事は、死を早めるといわれ、禁じられていた。しかし、死を前にした戦友にそんな事はいっていられない。

自《し》が腰の水筒振りて確かめし残りの水を戦友に傾く

ついにしも極まる生命水欲りし破片創の戦友の声も絶えたり

〈註〉「破片創」。砲弾等が爆裂した時の破片による負傷。

無線兵は衛生兵を援《たす》けよの命令《めい》ありわれは気のみせわしき

深傷《ふかで》負い雄叫ぶさまに声張れり意の分たねどかくて兵死す

遺言の如くに言いつ古里の残雪《ゆき》を食むべき希《ねが》いを戦友は

樹々芽吹く音をききたし雪じるの岩咬むさまも見て死にたしと

生を欲るひと筋ごころ明らけく戦友の臨終《いまわ》に見るいたましさ

枯芦の谷地にただよう屍《し》の匂い心ばかりの覆いあれども

細りゆく脈みるわれに衛生兵よしなき理《わり》を言う面暗し

編み糸の切れし衛生兵の薄き手帳死にたる戦友《とも》の名に埋みゆく

認識票に血のこびりつき読めざれば衛生兵は衣袴にぬぐえり

血ぬられて凝りそめたる鉛筆は衛生兵の掌《て》にはりつきぬ

余白なし記す紙なく呟めける衛生兵の文字こまかなり

もの言わず奪いとるがにわがメモる紙片《かみきれ》とりし血の匂う手よ

傷負いて谷地に横たう兵の腕血止めの先は土気《つちけ》色なり

確かなる始末しつつもの言わぬ衛生兵の背光《せなかげ》り見ゆ

枯芦《(かれあし)》を折敷きたれば乾く音飢《う》うるいのちの嘆きにきこゆ

眉太き戦友の「小原」の死顔に言問いたげな表情《こころ》残れり

臨終《いまわ》なる古兵《へい》の数えし書《ふみ》の名の指に余りてわが読みたるもあり

これほどの数多若きを死なしむる権力《ちから》とはなに国家とはなに

天皇《すめらぎ》の「赤子《せきし》」と言われ兵はあり呼名なになる八路《はちろ》の兵の

盲貫の腹は血止むる術のなし抑うれば戦友は口から吐きぬ

生きいるをしみじみ覚ゆくら闇に自《し》が心搏《（しんぱく）》の確かなるとき

戦友の死を日日《にちにち》みつつわがこころ誰《た》を呪うべき天皇か大臣か部隊長か

死への道保証《あかし》されたる人群《ひとむら》を「兵隊」という賜いものとや

避け処《ど》なくいつか分たぬ死なればか討伐の日日の耐え難くして

苦労無き野戦軍務の譬言《たとえごと》「一に通信手二にはラッパ手」

明日の生命たのむことなくキイを打つ分速百字は古兵並なり

戦死せる新兵《へい》おおかたは農の子ろ「農より楽な軍隊」と言いき
すべもなき暗さを託《かこ》ち村に入る抗日の文字も絵も壁に満つ
この八路《パロ》に恃める親族《うから》いずくぞや小村の辻に足蹴《あしげ》されつつ
俯せる敵屍《てきし》を足蹴しその生死認《み》つつ兵等はゆるゆる進む
息あるは傷など問わずとどめ刺すあまりに酷し戦争《いくさ》とは言え

傷つきて喘ぎつつなお吐く息に抗日叫ぶ若き八路《はちろ》よ

臨終《いまわ》なる八路の額《ぬか》に軽機関銃を単射し古兵足はやにゆく

高粱の皮にて編めるアンペラの人肌色の艶やわらかし

血に塗《まみ》れ井戸側による老婆《ばば》ひとり据えし眼《まなこ》に氷《ひ》の憎みあり

古兵らは深傷《ふかで》の老婆をやたら撃ちなお足らぬげに井戸に投げ入る

屍《しかばね》の後方輸送は始まりぬ極まるいたみ荷の如く積む

〈註〉「後方輸送」。戦線から、兵站《へいたん》や部隊本部に運ぶ。

無造作に屍《かばね》積みつつ兵の声戦友《とも》の死にしを日常《つね》の如言う

装具の音屍《とし》にからまれば鈍かりき戦友がらくたのさまにつまれて

〈註〉「装具」。兵が身に着ける帯剣など。

トラックの音遠ざかる屍《し》を積みてわがつまるるはいつ誰《た》が手にて

装具とらぬしかばねつめば人型《ひとがた》の標的《まと》をしかたす音に紛いぬ

ぬばたまの夜半に屍《かばね》を積み上ぐる音いたましく匂いも重し

弾丸《たま》の帯三重に巻きたり俯せに浮べる八路《パロ》は撃たず残して

獣めく姿に見たり憎しみのこころに戦友のずり落ちゆくを

こと無げに額《ぬか》撃ち抜きつ新兵は深傷《ふかで》の敵の生命乞うとき

生きのびよ獣にならず生きて帰れこの酷きこと言い伝うべく

諸《もろ》の目に満つる憎しみ氷《ひ》の光《かげ》り傷負う八路《はちろ》は瞬《またた》きもせず

人をして獣にするは軍《いくさ》とう智慧なきやからうごめける世ぞ

占領はきり無く空し小さき村硝煙匂い生《よ》の温《(ぬく)》み無し

物原《ものはら》のさまなる村に勝鬨《(かちどき)》は屍《し》の臭いをも震《ふる》い徹《(とお)》りぬ

将ひとり勝利をのべつそれぞれの姿して聞く兵は疲れて

無線機の固きを抱きまどろめば夢に自爆の強いの蓬《ほお》けよ

若きらを数多死なしめ戦闘《たたかい》に勝利をのぶる言《こと》の空しさ

失いし生命ひとつに比ぶるも勝利の重さ計るすべなし

崩《く》え果てて血の匂いのみきわ立てる小村にやまとのことのは響く

観念に戦争《いくさ》は知れどかくまでに酷きものとは知らず今日まで

硝煙はまだ濃く淡くのこりたり身を引き締めて袋路《ふくろじ》に入る

人倫《みち》ふまぬ戦野ゆきつつ追い追いに神おそるるを忘れ果てしむ

戦陣に六月《むつき》生き経し新兵は自れの知英に恃まざりけり

屍《し》の匂い硝煙こもる村に立ち心もとなく空を見上げつ

弾痕《たまあと》の昨日今日なる村に入り敵の屍《し》みれば明日をたのめず

赭き湖凪《うみなぎ》極まりて月光《つきかげ》の清《さや》なるに兵ら見ることもなし
唐国《からくに》の河北の小村潰《つ》え果てて砲声止めど嘆き聞えず
戦闘《いくさ》終え静寂《しじま》広ごる創世にたがわぬときを兵ら黙せり
戦闘終え残りの弾丸《たま》をあらたむる無線兵のみ丸腰なりき
生命のみ儚(はかな)きならね大地《ち》の廻《めぐ》るこのひとときも還りきたらず

部隊長合同火葬をひややかに言えば腹立つ理《わり》などは無し

から国の海河《かいが》の湖《うみ》の戦闘《いくさ》終えしじま戻るも心なごまず

兵の道は「終身未決」に変るまじ聖戦の強いいのち限りに

〈註〉「聖戦」。日本の侵略戦争を時の権力は、「天皇の御名による聖戦」といった。

背のうはすでに軽かり討伐に補給されずて六日すぐれば

濁《にご》り水《み》に身の病むおそれをかこちつつ残り少なき米をとぎいる

「明日の生命」このひと言の恃めなき戦野にいまし日は入りゆきぬ

夕茜《よあかね》の渚に兵は飯《いい》かしぐ明日の生命の保証《あかし》なけれど

かえり来て旅団長の将の賞詞きく長ながしくて兵ら倦みたり

独混《どっこん》のちからを上げて叩くとぞひとり激しき旅団長なり

〈註〉「独混」。「独立混成旅団」の略。各兵科の混成である。

死にし戦友《とも》「天皇陛下萬歳」は叫ばざり今野も小原も水欲《ほ》りしのみ

わめくがに仇打ちのみをるる述ぶる将を見いれば身のふるえきぬ

水漬《みづ》きたる戦友の小原の銃と剣名札はずされ兵器庫に入る

底なしの泥田をぬけし安堵あり討伐終えしこれのいのちに

兵らみな死を忌みいるも言わざりき明日か今日かと懼《おそ》れつつなお

錆ふきし認識票にふれてみつわが身の証し戦友焼きし夜に

酒保に来しわれの目裏《まうら》に亡き戦友のたてばためらい飲食《おんじき》を止む

〈註〉「酒保」。部隊内に設けられている売店。

討伐ゆ帰りきたれば天津は華やぎ極み人のあふるる

クレゾールに軍靴《くつ》を浸しつ天津のちまたにコレラ多きおそれて

こは戦友《とも》が終《つい》の姿ぞ白き箱きだはしに積まれラッパも鳴れり

土砂並《なみ》にスコに分ちしを兵ら言う死にし戦友らの骨を容るるに

討伐ゆ帰りて食《は》みし味噌汁の香りにくにの母を偲びつ

憲兵の白地に赤き文字をみる特権兵科に肩いからせて

支那人も兵も分たず荒あらし憲兵ちまたにことを問うとき

飢え死か凍て死か知らね天津のやちまたゆけば軀《むくろ》ころがる

守るもの心ひとつを吹雪く夜の駅に誓いて未だいのちあり

鉄条網あるならねども逃げられぬ軍なるものの奇なるを知りつ

生きるべきねがい持ちはた人らしさおしむことわり許さるるなし

自らを守《も》らむ心のいつしかもいたみて凄《さむ》し眼つぶりつ

動員はじまる

一九四一年(昭和16年)頃から、物資不足を補うため、貴金属は勿論神仏用具まで、無償供出を強いられた。

神ほとけ祀るもあえず戦争《たたかい》に破《や》れたるのちは如何がするとや
いつわりて暴虐《あらび》を強いて傲り果て「聖戦」という新語つくれり
防人《さきもり》をしかとおさえて政治《まつりごと》なすひとりなき国は乱るる

非戦論の父ためらわず言い切りつ「日米戦は負け戦なり」

軍《いくさ》とう大き人むら説き伏する防人の将を見ることもなし

大臣《おおとど》の東條英機は自《おの》が子ろを軍に置けども征旅《たび》はとらせず

〈註〉「征旅」（せいりょ）。将兵が戦線にゆく事。

アッツにて果てたる大佐将となるされど叔父ごの死の報せなし

〈註〉「大佐」。アッツ島守備隊長山崎大佐。「叔父ご」。母方の叔父本多恭蔵、戦闘機パイロット。

ますらおの賞め言いらぬねがわくば人を籬《まがき》の戦争《いくさ》を止めよ

咎《（とが）》ごとのしまつを見れば其《そ》が国の民の在り処《（ど）》を知り得るときく

学徒動員（明治神宮外苑広場ほか）

互《かたみ》にも毛布に暖をとりにつつ広ごり止まぬ戦争を嘆《な》きつ

大臣等《おとどら》は学徒の出陣強いおきて自が子らのみは暖衣飽食

雨しまく神宮広場を学徒兵声ひとつなく歩を揃えゆく

学徒兵外苑《その》とよもして十千万《とちまん》の列をつくるも国は潰《つ》ゆべし

〈註〉「十千万」。非常に多い数の事。

災難《わざわい》のかほど極まる運命《さだめ》なし学徒十千万兵を強いらる

角帽に銃をにないし学友《とも》の列見つつ祖国の亡びおそるる

天皇《すめろぎ》の命令《めいい》と強いらる筆折りて出征《いゆ》くにがさを誰につぐべき

強いらるる死をし否みて学友《とも》と語る救いなき時代《とき》の生きるすべなど

出征く学友学成らざるを嘆くとき諾《うべな》うほかにすべありやなし

国原の空は褻《け》にして出陣のともを見送る深き傷みに

いつの日か戦争《いくさ》の終えて気ままにもの言うことの叶う世も来む

学友の声きわやかに響く学半ばを祖国の急に征《ゆ》くと短く

学友を送る校歌うたいつつ涙垂る国の亡びをおそるる余り

学友らいま校門を出行くもの言わず目にて互《かたみ》に頷き交し

かけがえの無きものいまし捨てんとす滅亡《ほろび》の道と知りつつもなお

飲食《おんじき》も書《ふみ》読むことも呼吸《いき》さえも惜しみてすなる時代を見つめて

ゼミの学友みな出征きたりわがゆくは残る三月ぞ慎みて生《い》かな

出征く日のつづまるひと日一日ずつ読みさす書の多き苛立ち

裾おさえ襟を抑えし祖母《ばば》の手のかすかな重み夢《いめ》にもどり来

ひと筋に吾《あ》は否むなり兵の道赤子《せきし》のみちなど容るる能わず

征くのみに帰還《かえる》ものなき戦争時代《いくさどき》われはもついに兵ならましか

わが出征く記念に父が給いたる書架みたしつつこころ暗がる

父に乞い求《と》めたるままに積み置きし書《ふみ》をなでつついま征かむとす

この小さき生命ひとつに戦争《たたかい》の変るはずなし出征《いゆ》く苦《にが》さよ

身は征《ゆ》きて死すともよけれ読みさしの書に残れる思《も》い如何がせむ

二年をかむりきし角帽書架に置きしみじみ自《おの》が匂い嗅ぎたり

〈註〉「角帽」。上部が角型の帽子。多く大学の制帽であった。

とちまんの書よむ願いたてしかど三千巻《みちまき》終えて征くはさびしき

恩寵《みめぐみ》の二十年《はたとせ》余りのこの生命天皇《すめらぎ》のための死を拒みたし

荒声に「長髪を切れ！」軍刀にわれをしこづく配属将校
〈註〉「配属将校」。日本敗戦まで、学校、大学に配置され、生徒、学生の軍事訓練を担当した将校。

身体検査あすに迫りぬ独り居に覆いくるもの褻《け》なるもののみ

徴兵官わが睾丸を握りたりだみ声に言う「甲種合格」

講堂に甲種合格の声とよむたまゆらさわだつ思い広ごる

学兵の出征く日近く古里にしきふる雪の夜半を帰り来

腹張りて自《し》がいち物も見えざらむ将は朝夕《あさよ》になにを食めるや

食足《おた》りすぎ肥え太りたる大臣《おとど》らは国原も民も自がものの如

戦争《たたかい》に「聖戦」などということあらじひじりを叫び民を哭《おら》かしむ

防人《さきもり》の佐官のひとり声あらげ「自由の根」さえ千切り終んぬ

わたくしにみち乱るるは体制に弓ひく在り処《ど》を指しぬ軍部は

食《は》む物の乏しき時世《とき》に「東條」のゴミ箱巡り芝居じみ見ゆ

いにしえの皇帝《きみ》をまぬるや誇らかに陸軍大将ゴミ箱をみる

大叔父の将に反戦となうれば愚と正す面の厳しき

「神在《ま》さば征旅《たび》にも守りありぬべし」宣《のたも》う母は目見《まみ》伏しまま

出征《いゆ》く朝わが聴く「千鳥」ひびかいぬいのちの涯に額《ぬか》垂るる如

〈註〉「千鳥」。江戸末期、吉沢検校が作曲した箏曲の一。これをドイツから来演した、オットウドブリント交響楽団が編曲した七十八回転のレコードが売り出されていた。

髪かたみ爪も残すな眉張りて母言い切りつわが出征く朝

〈註〉第二次大戦中、戦死を前提して「遺髪」「爪残し」をした。骨代《こつしろ》である。

吹雪止み空煌《きらめ》き来わが征旅《(たび)》の暗示うけたる心地して佇つ

百枚の葉書をたもうたらちねが心配りの有難きかな

声細め生命いたわれと言う母の瞳に雲も雪も映れり

スペインマント黒くはおりて雪道に立つ母の手を熱く握りつ

握る手を返すことなくま静かに子を凝視《みつめ》いる母の心よ

わが歩みはかりつつ母は白銀《しろがね》の雪道《ゆきじ》たどれり川を挟みて

みなし児の「みね子」を背《せな》に立つ母を根雪まぶしきなかに見納む

〈註〉「みね子」。事情があって他家の幼女を預かり、一家で育てていた。その子の名。高橋みね子。

翌年の六月、父、治安維持法により検挙された翌日急死。

萬歳に黙し応えずいで発ちの酒杯《さかずき》も受けず村をあとにす

出征襷《たすき》なく酒杯うけず出征《いゆ》くもの酒くさき村人《ひと》らに分れを述べつ

〈註〉「出征襷」。出征する将兵が、白地に朱墨で「必勝」「大日本帝国萬歳」などと書きしるした(又はプリント)幅十センチメートルほどの襷を肩にかけた。これを「たすき」(出征襷)といった。

息のみて村人らわれを見つめたり祈りをこめし出征く言葉に

むら人はみな酒くらい萬歳をわれに叫びつ赤き顔して

萬歳は峡《かい》にこだまし白銀《しろがね》のたを越えゆけりいずへともなく

故山を後に再び上京し、学友等に訣れを告げ、反転北上し、山形市にて父と再会。山形駅から指定された軍用列車に乗る。それまでの数時間を山形市香澄《かすみ》町の旅館、唐津屋にて親子の時間を持つ。

ものならい成らざるままに出征くとき友が給えるむまのはなむけ

父と居て素話《すばなし》つづく終の別れ迫りきたりぬ唐津屋旅館に

これほどにせつなきものか別れとは生命の保証《あかし》なき旅なれば

凝《（ここ）》るがに心傷みて出征く夜の明りの暗さ気にもならざり

なけなしのざらめに母が炊きあげしぼた餅の重《じゅう》を父の運び来

かしこみて母てづくねのぼた餅をひと口食《は》めば涙《なだ》垂りきたる

父の諭し黙しききつつ出征《いゆ》く夜《よい》を刻めば心澄み透りつつ

反戦をいのちの限り闘わむこころを述ぶる父の面しずか

「子の征《ゆ》きて生命の保証《あかし》またく無し」祈るほかなき傷み父言う

反戦を生き来し父の歳々《ささ》をきく弾圧《おさ》え厳しき時代《とき》の最中に

父の祈り高く響動《とよも》す出征く夜唐津屋旅館の煤けし部屋に

指定車を忌《い》みて親子は後尾《こうび》灯《とう》の赤き浴みつつ発車待ちいる

子よ死ぬな生きて還れと父言いつ逃れ処《ど》のなき征《い》でたちの夜に

飢え渇き満たすがさまに溶くる雪父子《ふし》の両手《もろて》に湯気を上げいる

互《かたみ》にも語り尽きたり何を言わむこと問わばただ胸の閊《つか》ゆる

ひと筋の道閉ざされて兵となる許さるるなき夢《いめ》を抱きて

発車鈴《ベル》鳴りぬ還りて読まむよみ差しの「産業革命」父に手渡す

み旨あり生命の全《また》く帰りなば心ゆくまでひもをときたし

ベル鳴ればそのたまゆらにただならぬ心締りの身を貫きぬ

あらたまり眉張り非戦をのたまえり荒野のさまの国原に父は

てむかいの術なき時代《とき》に征《ゆ》かむとす山形駅ゆ遠き戦野に

おもいこめ父にま対《（むか）》ういま征きてたのめなき再《また》の逢う日を言わず

「還り来《く》な」その強《（し）》いに征く者多き時代《（とき）》に親子は死を否み合う

征くわれの両手《もろて》をつつむ父の掌の骨太にして温かきかな

汝のごとく冷めてもの認《み》る兵もあれ非戦の父は諾《うべな》いにけり

相つぎて乗りこむ兵のとよめきを他人事《ひとごと》のさまに避けて親子は

「宿命」はわが手に残る救いなき傷見るさまの時流れつつ

〈註〉「宿命」。萩原朔太郎の詩集。創元社創元選書の一冊。作者はすでに一九四二年(昭和17年)五月十一日死去。

「さあ別れだ」父の手重く肩にのる発車のベルの耳朶《みみ》をうつとき

見納めのこころか父は目見《まみ》を据えまれなるもののさまに子を見つ

煤煙《すす》あみつつ列車の窓に遠ざかる父を目に追うただならぬとき

見送りをたまえる父の姿消ゆ軍用列車のゆれ軋みつつ

母に近き齢《よわい》の女等《めらし》衆駅ごとに茶をし給いつ吹雪の中に

星ひとつ襟につけたる兵あまた三等の汽車に夜半の都《まち》すぐ

北支那にゆくと告知《つげ》らるふためきて父母につなぎの葉書したたむ

親族等《うからら》にことなく届け列車より投げたる文に祈りて震《ふる》う

憲兵の饐極《すえ》まれる手に入るな神よ守《も》らせよこの文の束

許されぬ便り認《したた》め神戸にて人情《なさけ》を恃み高架より投ぐ

他の兵に変ることなき姿して冷めしものもつわが口重し

死してなお帰り来るなの強い受けし兵等激しき船酔になく

船底は息苦しもよ朔太郎の詩《うた》そのままにペンキ匂いて

なま臭き潮にペンキの香の混り名無き兵われ吐くものもなし

馬関の灯波折《なおり》にきえて幾時《いくとき》かいよよコークリ釜山浮び来

大丘の寒夜《さむよ》にりんご給いたる女の襷ひとつ色なり

〈註〉「大丘」。韓国大丘市。「ひとつ色」。愛国婦人会。

馬《ま》頭《とう》鎮《ちん》駅下車

馬頭鎮駅は、津浦《しんぽ》線(中国の天津、浦口《ほこう》間)徳州《とくしゅう》駅(天津市の南方)から、北西の石家荘に通ずる鉄道の途中にあり、駅員無配置駅であった。一望の限り民家らしいものなどは見えなかった。

アロー号の名のみに知れる天津をゆるゆる過ぎぬわが乗る汽車は

〈註〉「アロー号」。天津開港の原因となった事件の船名。

新しき軍靴は土に塗《まぶ》されて新兵《へい》等の小さきかなしみを増す

いちべつはひとつ色なる麦の青むらむらとして淡き陰あり

駅舎《うまや》なく見涯《(みはて)》の限り家も見ず踏む大地《つち》固し思いのほかに

やせ土かはた肥沃《こえ》土《つち》か棗さえ直ぐには伸びぬきびし大地よ

セイウチ　トド

どちらも雄は三メートルにもなる大きな海獣だが、それぞれセイウチ科とアシカ科に分類される別科の生き物。セイウチの名はロシア語 sivuch に由来するが、『広辞苑』によれば本来これはトドの意。誤って取り違えられたといわれる。たしかに体形はよく似ているが、セイウチは雌雄とも上あごに発達した犬歯があり、『広辞苑』にはその姿を挿図として掲載している。

東巍家橋鎮駐屯部隊に配属さる

道赭く轍ひとすじ微かなる陰翳《かげ》をつくりて広野さびしえ

夢を食《は》み肥ゆることなき獏の如逃水《にげみず》の中に東巍家橋鎮出ず

横長の額は黒地に文字白し冴えたる筆に眼見張りつ

一挺の銃すら持たぬ新兵《へい》の群河北に立ちぬ幼顔して

新兵《（しんぺい）》の鈍き足音地に吸われ薄日の中に民衆《ひと》の姿《かげ》なし

「輸送指揮官殿に頭右！」そら耳ならぬこの大音声

支那を踏みなになすべきか知らざりき戦争《いくさ》のかげのぼうぼうに濃し

戦争《たたかい》の暗き陰翳《かげ》もつ村に入り望み無き苛立ち摑処《つかみど》欲りつ

生命ひとつここに持ちきて死ぬるかや河北省深県東巍家橋鎮《かほくしょうしんけんとうぎかきょうちん》

部隊とは名ばかりらしも兵の数中隊単位か望楼ふたつ

徐州市にて

私の兵科の転変は甚だしかった。歩兵(小銃、擲弾筒)、通信兵、電波探知機部隊、飛行隊と転々した。

一にも二にも捕虜虐殺を拒否した事に原因した。「余り者」扱いである。危険思想の持主の故に、将等は皆、自分の減点要因を追い出したい……という事なのだ。しかし、結果的には、私に幸いした。死ぬ事なくして済む事になったから。天津市から最後の駐屯地、徐州市に転じてから同市における生活は、最も平安に恵まれた。復員帰還後十年以上も経ってから知った事であるが、徐州市周辺は、敗戦後も治安の素晴らしく良い地域であった。この徐州市の生活は、一九四五年(昭和20年)早春から敗戦まで。

転属は度重なるも恨むべき戦友《とも》ひとりなく黄河こえたり

麦黄金掌《むぎくがねて》にてなでつつひとり行く大会戦の町なりやこは

〈註〉「大会戦」。一九三八年（昭和13年土の兄の寅）日中戦争の始め、徐州市において、日中両軍の大会戦があり、兵馬で埋まったと伝えられている。

兵馬にて埋みし時ゆ六年余《むとせま》り兵ひとり行く丸腰のまま

土《つち》の兄《え》の寅《とら》になされし大会戦裏町並に弾丸《たま》あと著《しる》し

夏近く徐州の町は涯も見ぬ麦の黄金《くがね》の中に浮べり

父に受く祖母《ばば》がかたみの小さき時計ネジまくつどに面影のたつ

ゆえありて保安隊の病舎見舞いたり同胞相撃《はらからあいう》つ大きかなしみ

相撃ちて傷つく兵は語らざり心なく思《も》え来《く》われのひとこと

「偽善すな！　日本兵！」の目見《まみ》に逢いたちたるひとり言を見出でず

敗戦は決まれるならむ頻《しきり》にも工作員の行ききする認《み》つ

検問の保安隊員は知るらしも干魚《さかな》にかくす重慶紙幣《しへい》の行くえ

〈註〉「重慶紙幣」。当時、中国正統政府は、重慶市に在った。その故に、中国正統政府の発行する紙幣を「重慶紙幣」と呼んだ。敗戦の数か月前から、この紙幣が中国正統政府工作員によって、徐州市のいずこへか搬入されていた。しかし、現地日本軍の将校らは、この事を全く知らなかった。

重慶の工作あるも露知らず驕りに覚めぬやまとの将ら

〈註〉「重慶」。中国正統政府。(重慶政府)

ある日の外出に、徐州市南部の市街地入口にある保安隊検問所で、中国正統政府工作員が検問を受けている現場に遭遇した。工作員が重慶紙幣を搬入しようとしていることに対するものであった。通りがかりに見きした私は、占領軍の一兵士の驕り……という、うしろめたさをかこちながら、一言「いいじゃないか」と、検問をしている保安隊員にいった。いわれた方は、自分の責任解除と解したか、笑顔で検問を中止した。

「好《ハオ》」のわがさしでがましき一言に工作員は礼《いや》しさ離《か》れり

〈註〉「好」。いいでしょう、の意。

天秤の干魚《さかな》を肩に工作員重きつとめのすがた貧しき

遠からぬ日に戦争《たたかい》は終えるかも戦後処理通貨の荷うごき激し

重慶の工作員はにこやなり検問《しらべ》うけつつわるびれもせず

足早やに去る工作員の背を見つつ日本敗《やぶ》れしのちを気にやむ

目のひかり厳しかりけり粗末なる衣袴まとえども工作員は

重慶ゆ徐州の道程《みち》をはかりたり戦争《いくさ》の始末すすむを知れば

弾薬列車空爆受けぬ情報の米軍に伝わる疾《と》きに驚く

山積みの弾薬列車火を吹くもかかわりなげなる徐州の人ら

P51撃ち曝《さら》すこと凄まじく地震《ない》のさまにも誘爆始む

〈註〉「P51」。米国の戦闘爆撃機。

轟きて彩りあやに誘爆は夜半なお止まず火花百千《ももち》ぞ

戦爆機Ｐ51の黒きかげ絡繰《からく》りのさまに撃ち又かえる

機関砲われを狙い来《く》並木道《じ》によりつつ見れば蟹の目の如し

なに故に見分け叶うや日本兵の吾《あ》を狙いうつＰ51

麦の穂に月光《つきかげ》それば微《かす》かにもうねり見せつつ基地に寄せくる

ひと夜明け誘爆止まず朝光《あさかげ》の中なる駅は見るかげもなし

P51昨日の攻めも足らぬらし軍馬の群に襲いかかれり

機関砲に腹射抜かれし軍用馬いななく力も失せてまばたく

力なく瞬《まばた》きつつも身じろがぬ馬のはらわた地になだりたり

弾丸《たま》をあび野犬《いぬ》に食《は》まれて果てし馬《ま》のくにはいずくぞわれもかなしよ

はるか西ブラウン管に動くものゆびさす戦友《とも》は「空襲」を告ぐ

おもむろに点のふくらみ百粁に近づきたれば機種も言いたり

Ｂ29今日も祖国を襲うらし色づく麦の穂をなびかせて

Ｂ29電探基地をいなすがに二十ミリ機関砲かろく撃ちきぬ

〈註〉「電探基地」。電波探知機部隊。電波探知機部隊は、山上にあった。現在自衛隊ではレーダーサイトと呼ぶ。

電探基地《きち》などは襲うことなく東《ひんがし》す日本の戦力《ちから》底見えしなむ

徐州市の東より帰る爆撃機麦穂なびかせゆきし数にて

〈註〉重慶、成都等の米軍基地から、日本本土空襲を行ない、帰還時には、日本軍を揶揄《やゆ》するかのように、超低空ともいうべき高度で飛び、麦やその他の作物がいっせいになびく程であった。

久方のゆあみなればかにぎにぎし兵等の体湯気に曇らず

疑わず戦争《いくさ》の終えむ恩寵《みめぐみ》を祈ればこころなごむ日もあり

侍むものあるならねども休日は麦穂なでつつ基地下りゆく

基地を出で書肆《しょし》を目指しつ外出に癒すべきものはただにひとつと

基地も町もゆとりに包む麦黄金唐国《からくに》の文化《はな》をうちにひそめて

「群羊岩《フォンモウガン》」ひろいゆきつつ東坡の詩くちずさみたれば朋友《とも》に思え来

〈註〉「群羊岩」。中国の宋時代に、徐州郡長官をつとめた詩人、蘇東坡の詩にある、徐州市外、子房山一帯に広がる岩原の形容詞。一望すると、羊群に見えるところからうたったと言われる。蘇東坡、名は軾、号は東坡、字は子瞻、諡は文忠。

蘇東坡が酔うて走れる群羊岩《フォンモウガン》征旅《たび》にしわれは酌まず歩めり

いかなる長官《つかさ》なりしや酒たうべ岩むら走る子瞻《（しせん）》東坡は

立ち並ぶ詩碑《うたひ》よみつつ公園の赭土《あかつち》道に兵を忘るる

詩碑読む兵の情念《こころ》をいかが認《み》し支那の翁は声をかけきつ

濁り池《ち》の辺《ほとり》に東坡の詩を読めば満ち足るおもいつど新なり

岩群《いわむら》はまさしく羊の群に見ゆ群羊岩とはよくぞ名付けし

山焼きの火《ほ》をしかむれる古里の岩群に見ゆ群羊岩は

今日よりは飛行場勤務の命令《めい》下る申告しつつなぜか暗がる

いくたびの転属ならむ反戦の兵われ山上《やま》より野にくだり行く

〈註〉「山上」。山上の電探基地。「野」。飛行場。

ラマ塔の古びを仰ぐ瞼《まなぶた》に古里の杜の大杉うかぶ

靴ぬぎて足をひたしつクリークはことの外にも冷たかりけり

クリークもこの水源《みなもと》は青く澄む祖母《ばば》の汲みいし泉のごとく

年旧《(としふ)》りて僧のかげなきラマ塔は耕道《うないじ》ひろう畑の中なり

クリークの逆さ絵に見る古りし塔夏日の中に崩《く》えむばかりぞ

草しきて塔のかたえに横たわるわが面《も》を雲は戯《たわ》れつつ過ぐ

寝転《ねころ》べる日本兵にめぐり逢い支那の母子《おやこ》は息呑みて立つ

「かまわぬ」と支那語に言えば女童《めわらべ》は母を見上げぬ何を言いしや

「再見《ツァイチェン》」のひと言きくも母と子の固き背《そびら》にこだわりており

年旧りて華やはすでに僾くて塔のみさびしラマの寺跡

クリークの深き静もりその水面《みも》を彩る雲の影にやすらぐ

いかがなる聖者《ひじり》おわせし寺ならむ大き礎石《いしずえ》さびて残れり

クリークの岸にあそべる兵を認《み》し幼児《こ》にめぐり逢う街に出でし日

「你好了《ニイハオラ》」声かけたればはにかみて呟めくさまに返しきたれり

〈註〉「你好了」。ごきげんよろしゅう。語尾を上げるときは、ごきげんいかが。

かの幼遊べる友等耳漏《みみだれ》を病みて傷まし手段《てだて》なになく

耳漏を治療《くすす》べく言い又の日を子等に約せる兵ひとりあり

ひとかかえ薬など持ち訪ね来し兵をみし女《め》は扉《とぼそ》に消えつ

支那の子ろ耳漏病みて集いきぬ日本兵の辻に立つとき

三度《みたび》逢う女童《めわら》はひとり笑まいつつ友にさきがけ明く言問《ことど》う

傲りとも愚かというもこの小さき生命の病むを捨て置けぬなり

郷長《ゴウジャン》は礼《いや》を述べつつ穏やかに「町の子ろみな耳漏なおる」
〈註〉「郷長」。村長又は部落長。
古里の妹《も》のとし子より若きかも郷長《ゴウジャン》の幼き四番妻は
郷長は兵に問いたり美しき女《め》を眼間《まなかい》に「性病なおせぬか」
南方戦線《みんなみ》に征《ゆ》くべき募り貼り出さる「特攻」なれば次三男のみとう
〈註〉「特攻」。特別攻撃隊員(爆死要員)。
飲食《おんじき》も遊興《あそび》のことも「特攻」は身分あかさば足ると知りたり

戦争《たたかい》は日日傾くか頬紅き十六歳も河南にきたる

〈註〉「河南」。中国河南省。黄河の南にある省。

赭土か砂か分たぬ赫《かがや》きの丘の木立に野兎《やと》のめぐしき

戦友《とも》と撃つ野兎なりしかど愛《め》ぐしくて息つめしまま佇ちて見送る

アンコールワットの調査レポート購《あがな》いつ戦争《いくさ》のゆえか紙そまつなり

豊かなる出会いを恃みいと小さき徐州の書肆に今日も吾《あ》はゆく

敗戦す

「聖戦」の旗印《しるし》かかげて罪もなき人死なしめし報いきたりぬ

別れどき吹雪く歩廊に父言いし国の敗《やぶ》るる現実《うつつ》を迎う

国破れ生命の保証《あかし》あるならねされど僅《はつ》かに安らぎおぼゆ

敗戦は現実になりぬこの後の祖国日本はいかがうつろう

戦争《いくさや》破れ祖国に帰る夢芽《いめ》生うこのうつつさえなぜか切なし

いつわりの「連戦連勝」続けきてやにわに兵を日匪《にっぴ》となせり

〈註〉「日匪」。敗残の日本軍に対する中国語による蔑称。

昂りて述べはた涙《なだ》垂る姿戦友《とも》に見るとも冷めてわれあり

国破れ将等おろおろたちさわぐ再《また》なきこの日を一生《ひとよ》忘れめ

傲りいし将のふためくさま認《み》つつ反戦兵のともす灯《ひ》あかし

戦友《とも》らより疾《と》く敗戦を知りし通信兵《へい》安さかこつも口に出ださず

勝ち戦なに疑わず死にたるは民あり兵ありされど破れぬ

電文は敗戦のうつつ否むがに「終戦」という新語につづる

「聖戦」は終えたりとうか「終戦」の新語もつくる大臣司《おとどつかさ》ら

聖戦も終戦もみな新語なり気儘心に造りたるもの

父の予言「無条件降伏」的《まと》を射ぬ待ちどおろしも再会の日の
敗戦を徐州に迎う生命賭けいつわらざりし生きの日ののち
国やぶれすべもあらなく唐国《からくに》の徐州の町に汗ふきている
敗戦に死ということの俄にも怯えとなりく生命つつしめ
ひたに恋う国のまほらはひむがしの海涯《うなはて》にして夢《いめ》にも遠し

ともすべき電気は断たれさりとても油もなくて燈火管制《かんせい》終えぬ

〈註〉「燈火管制」。空襲の標的とならないようにするため、光を外に洩らさないこと。正しくは「とうかかんせい」。

兵われは漸くみたりひと筋の希望《のぞみ》の光《かげ》を国の破れて

徐州平野を東に向う爆撃機とだえて静寂《しじま》の極まる如し

復員《かえり》なば生活《たつき》のことの安からぬこころを述ぶる古兵あわれむ

復員の見込みを問いし士官いま戦犯指名にひかれゆきたり

戦犯を名指されひかるる中尉ありいかなしわざか身に縄うたれ

戦犯の名をしかぶせて幾人《いくたり》を縊《くび》るも心晴るるはずなし

たまゆらの安らぎ心ありとうや同胞《はらから》あやめし日本兵《へい》を咎《とが》めて

敗戦に略奪《うばう》楽しみ失うと人なげに言う五・六年兵

「聖戦」は敗れて終るわが青春たのみ心にここゆ始まる

国破れ始まる世かも漸くに反戦兵の胸ふくらみ来

強姦《おかし》うばい両脚《あし》うしないて帰還《かえり》たる古兵のことは聞くこともなし

戦犯の名指しふえつつ日と共に士官の目見《まみ》の深む戦《おのの》き

戦犯指名を恐るるならむ強姦《おか》せしを誇りいし古兵《へい》は口を閉ざしつ

武装解除終えて無くなる階級を将等はなおも衣袴に傲れり

〈註〉 将校服は、下士官兵と型式材質が異なるので、階級章を除《と》り、武装解除によって軍刀をはずしてもすぐ将校であったことが判るので、武装解除後も将校という階級に傲った。

将等みな惚《ほ》けを見せいる敗戦にひそかに誇る兵もありたり

敗戦後は、中国正統政府軍（重慶政府）の通信要員として、重慶政府軍の通信兵教育及び暗号化された電報の送受信に従事させられた。一般隊員は徐州市内の清掃要員などに使役された。

国軍の電報なき日ハムをまね見知らぬ戦友《とも》をおちこちに呼ぶ

〈註〉「国軍」。重慶政府軍。

赭き土朽葉も見えず芽ぶきたる麦の広野に死の陰翳《かげ》はなし

済南に呼びたる戦友はわが知らぬ笛吹川を古里と告ぐ

〈註〉「笛吹川」。山梨県甲府盆地を流れる川。

破《や》れ果てし祖国の現実《うつつ》しる由なし来向う冬に恐れつついる

客ありて案内《あない》を受けぬたちたるは子らをいやせし町の郷長《ゴウジャン》

敗残の日匪《にっぴ》おとなう郷長の心ひろきに額《ぬか》深く垂る

郷長に聞きたるならむ国軍の士官はわれの治療《くすす》ほめたり

復員列車とは名ばかりの、貨物列車に乗る日が来た。徐州駅に向う途次、かつて耳漏《みみだれ》をなおしてやった子等が通り端に立ち、「再見《ツァイチエン》」「渡部《トウベエ》」を連呼し、しばらくを添い走った。

徐州市ゆ復員列車に乗る日来ぬ子等走り出で「再見《ツァイチエン》!」「渡部《トウベエ》!」

幼等は指差《おゆびさ》しつつ添い走る埃の中に兵の名呼びて

再見《ツァイチエン》の続けざまなる声きけばわけの分らぬ涙あふれ来

隊列の中を行きつつそれぞれの幼の顔を確かめて過ぐ

耳漏《みみだれ》を癒しやりたる幼《こ》のひとり今日は愛《め》ぐしき衣《きぬ》まといおり

幼等の後に立ちて郷長《ゴウジャン》は眼にひとりえしゃく給いつ

重慶の工作員をしらべいし兵の姿《かげ》なき検問所過ぐ

飲食《おんじき》の露店並びて客溢る戦争《いくさ》の勝まけ関わりもなし

再びは来る日なからむ徐州市の辻《つむじ》ゆきつつしず心なし

煤煙《すすけむり》重くただよう側線に貨物列車を待つ兵のむれ

徐州より敗残兵われ貨車に乗る祖国の土を踏まむ願いに

敗残兵徐州を去るに貨車の扉《と》の僅《(はつ)》かの隙に何を見むとや

三等車に乗りて征旅路《たびじ》を支那に来ぬいま敗残の身は貨車にあり

戦友《とも》と行き野に撃たざりし兎にも心をこめてめぐり会いたし

群羊岩《フォンモウガン》貨車の扉《とぼそ》に見るよしなし瞼《まなぶた》とじて偲びつついる

古《いにしえ》の項羽《こうう》が都《まち》に訣れ告ぐはつかに麦の青み来しとき

〈註〉「項羽」。中国秦代末の武将。世紀前二三二年から前二〇二年、秦を亡ぼし、一時天下に覇をなす。

わが乗れる復員列車襲われぬ土匪《どひ》ぞ物みな奪い去りたり

〈註〉「土匪」。土着の匪賊。

凄じき物奪《と》りなりき土匪《どひ》去れば「これにてあいこ」と古兵《へい》の呟《つぶめ》く

敗残兵けもののさまに貨車にあり南を指しつつ行方も知らず

南方《みんなみ》の鉄道敷設に使役とうデマ飛びかいて兵等ふためく

過ぎゆきの川は大きも小さきも支那の広野の色に赭かり

駅ごとにとまる列車にあびさるるののしりさげすむ言のきびしき

轟きて地をゆさぶるも乗りいるは帝国陸軍のなれのはてなり

揚子江(長江、江)左岸にテントを張る

土匪の襲撃はうけたが、生命に別状なく、揚子江左岸の谷地にテントを張り、復員船を待つ身となった。テントの杭は長江の流木、かけや(木製ハンマー)又しかり。中国政府から支給される食糧は貧しく少なく、あまつさえ理由はいざ知らず、兵の口に入るものは少なかった。江岸にしじみを漁り、魚を釣って不足を補った。

河南より江の左岸に立つひとり敗残なるもこころ誇りて

くにの灯《ひ》を間なく見るべし病む生命せんかたもなく臥《こや》りいるとも

向う岸しかとは見えね長江の赭土色にも白き波立つ

水煮して食《は》まむねがいにしじみ取る黄疸《おうだん》病みて医薬《くすり》なければ

〈註〉「黄疸」。肝機能疾患のとき、赤血球破壊のために起り、皮膚が黄色になり気だるい。

江岸に拾いしほたを焚く煙かざせる自《おの》が手に匂いたり

気だるさの極まる身もて川岸に漁《あさ》るしじみの肥え太りおり

敗残の身は病臥《やみこや》る侍むもの何ひとつ無き傷みかこちて

燃え残るほたの灰まき吹き荒るる黄塵いまだ春には遠し

漁《すなど》りし大きしじみのいきづきて飯盒《はんごう》に小《ち》さく鳴くは哀しも

虱《しらみ》わき黄疸《おうだん》病めば肌着さえ黄色くなりぬリバティーは来ず

〈註〉「リバティー」。米国の戦時標準船（輸送船）。日本敗戦後、アジア各地の日本軍将兵、民間人等の引揚船に提供され、在支日本人、百余万人は、敗戦の翌年一九四六年（昭和21年）七月には、引揚げが完了したといわれる。

そちこちに発疹チフス発生《いず》ときく防ぐすべなし医薬《くすり》なければ

〈註〉「発疹チフス」。病原体はリケッチャの一種。衣虱《きぬじらみ》によって伝染する。急激な戦慄、高熱、頭痛、四肢痛を発し、目まい、吐き気を伴い、三日ないし五日で淡紅色の発疹をみる。重症は心臓衰弱で死亡。

チフスいずる噂流れぬ北風に肌曝《さら》しつつ虱とりする

素地《きじ》の目を刺す針のさまの虱とう生物見つつ心さわがず

口ぶりはいささ変るも士官等の面に傲りはなお著《しる》く見ゆ

敗戦はなりゆきとうか病む生命万を数うるこの谷地をみよ！

日匪《にっぴ》なる言の意をしるや天皇《すめらぎ》も大臣《おとど》も極むこの蔑《さげす》みを

長江の濁れる岸に病むいのちかこつ兵らは素話《すばなし》に暮る

黄疸は癒るめどなく唐国《からくに》の大地の色に身のけだるさよ

江流の赭きを覆い垂るる雲敗残の身の傷み深めぬ

天皇《すめろぎ》の兵を強《し》いられ敗れては蔑みうけて谷地に呻吟《によ》べる

潮ひきて赭き砂原広ごりぬ兵の足跡浅き哀しみ

江岸にののしりあぶる生霊《いきりょう》の恨みの声を天皇《すめらぎ》よ聞け

医薬《くすり》なく糧《かて》さえ足らぬ幾万の兵の朝夕《あさよ》を大臣《おとど》来て見よ

飢え渇《かわ》き化物《けぶつ》のさまに群なせる兵の声細し江の芦原《あわら》に

長江に潤《(うるお)》う支那の四千年《(しせんねん)》ルナロッサ出ずしずかなるかな

〈註〉「ルナロッサ」はイタリア語で赤い月のこと。

自《おの》が利を追いし大臣らいまにして何なしいるや裁き求《と》めたし

残虐を虚妄の権力《ちから》に楽しみし将等ゆるせずされど術《すべ》なし

冷やかに軍医は言いつチフスかと胸に粒だつ赤きみとめて

虱《しらみ》とり効果《かい》なかりしか発疹すわれはも終にチフスうつるや

眼間《まなかい》と言うには遠し古里は江流染むる海の涯《はたて》ぞ

敗戦の責任《せめ》なきさまの振る舞いの階級章なき将の愚かさ

北支派遣の総大将はとうのはて逃げ帰りしか噂広まる

間なくして復員乗船叶うかも黄砂はすでにいくたび過ぎし

ついにしもリバティーに乗る日決まりたり物みな捨てむ身ひとつによし

軍衣袴にメモを縫込めリバティーに乗ればほとするわが青春の記

江流の赭きを惜しむ心なし強いられし兵の道の終りに

潤せし広野の色に赤錆びの江流青に溶《と》くるを越えぬ

蒼《あお》にとけ江流すでに見えざりきわが帰去来の詩《うた》の始まり

祖国の灯《ひ》眼間《まなかい》にして殺されし軍医はいかな医療《くすす》なしたる

リバティーの船底《そこ》に色さめ綻びし千人針をたたむ兵あり

リバティーの甲板《うえ》には立たずひた祈り足らざりし自が力を嘆く

復員《かえり》なば積み置きたりし書《ふみ》の山手当り次第読まむたかぶり

復員し故山へ

〈註〉「復員」。戦時の体制にある軍隊を、平時の体制に復し、兵員の召集を解く事。一九四六年(昭和21年)博多に上陸、川崎市の長谷川周治先生宅に数泊お世話になり、三月二十一日、春分の日に、故山生家の門を入る。

ざらめ雪はだらに残る峡《かい》の村学徒兵ひとりいま復員《かえり》来つ

山脈《やまなみ》も揺《ゆる》ぐがほどの万歳に始まりし征旅《たび》ついに終えたり

占領にはずかしめ多き現実《うつつ》満《み》つ祖国に帰るいのち健やかに

権力《ちから》もて時代《とき》の青春剥ぎとりしこの祖国みよ焼野原なり

復員に疑うべくもなきうつつ民族《たみ》を見下ろす占領軍あり

謀《たばか》られ万歳叫び腐《くた》したる山河になみだ垂るもの溢る

哀歌読む昂りありて佇《た》ちつくす焼野原なる潰《つ》えし都《みやこ》に

〈註〉「哀歌」。旧約聖書エレミヤ哀歌冒頭の一節。

戦野《いくさの》に傷みし心犒《ね》ぎ給う師の君やさし多摩の川辺に

唐国《からくに》に涙垂らせし慰安婦に変らぬ者らつかさの如し

白銀《しろがね》の峡《かい》の雪路を征《ゆ》きたりき今日晴ればれと生きて帰り来

残雪の崖道《ほきじ》を帰るわが姿《かげ》に寿言《ほぎごと》たもう人のいくたり

抑えつつ征旅《たび》の安けさ祈りたる父うなずきつ復員の息子《こ》に

ものゆ見るさまに吾子《あこ》をし見詰めたる母は涙《なだ》耐え厨に消えつ

厨にて涙ぬぐいしや瞼はれ赤き見せつつ母いできたる

父の祈り夕餉《ゆうげ》の席に響動《とよ》もしぬわが出征《いゆ》く夜の暗さ残さず

「特別高等警察犯（特高犯）」は、第二次世界大戦（太平洋戦争）中の、「国家総動員法」「治安維持法」下における、思想犯の別称であった。この二法は、個人の信仰も取り締まった。この法律によって、父が信仰の故に逮捕されるや、近郷の町村民はあげてわが一族を「米英のスパイ一家」と名指し、時の町村長とその親族が先頭に立ち、凄まじいまでの差別、村八分を行なった。殊に食糧と衣料の差別は甚だしかった。母が涙乍らに語ったところによれば、一番切なかった事は、育ち盛りの娘達三人をかかえていたが故に、食糧の配給基準を無視した、恣意的、権力的、個人的減配差別、それも他家に比べてゼロの事もあったことだという。例えば、にしんの配給を受けに出向いたところ「スパイの家にはこれだ！」と、にしんの入っていた空箱を、足蹴によって指し示されたという。

垂る涙のごわず母は息子《こ》に語る物資配給に受けし八分を

男の子われ生きて帰ればたらちねは頼るがさまにもの言い止まず

再びを吾《あ》は見ざるべし強いのはて征《ゆ》きて戦い嘆《な》きし唐国《からくに》

子の復員祝《ほ》ぐたらちねが手づくねのぼた餅うまし出征《いゆ》く夕《よい》より

子の背《せな》を流しいし母は手をとめつ小さき傷ひとつの謂れ告ぐれば

復員しいま古里に斑雪《はだれ》みる平和とうもののなんと尊し

生の涯《はたて》戦争《いくさ》を憎むひと筋のこころわれより去ることはなし

復員の夜《よ》に母言いつ眉張りて自が祈りの稔りありしを

「検事等はかわたれすでに家《や》を囲み父を逮捕す」母の言鋭《ことと》し

暁の不意打のさまに有無のなく父に縄うつ「特高」をきく

釈放《ときはな》つ時期《とき》を質して検事等に母迫りしを妹等《こら》は告げたり

顔面神経痛病みて癒えざる父の頬に未決の獄舎《ひとや》偲びつつ触る

証番の小札《こふだ》を見たり特高犯なりし父の蔵書をひもとけるとき

〈註〉「証番」。犯罪人、被疑者より押収した証拠物品に添付する、一連番号を書込みした小さい札。

「スパイの子」われ復員すむら人等息をしつめてかいまみるがに

憲兵隊に検閲受けし父のふみ復員《かえり》し故山の兵に届きぬ

検閲済の父の文もどる憲兵も敗戦の現実《うつつ》に捨てかねしもの

生命賭け捕虜虐殺を拒みしがいそのかみ旧《ふ》りしこととなし得ず

〈註〉この一首は、高名なる歌人から「生命賭け捕虜虐殺を拒みたるあの日思えば遠世の如し」と添削された。しかし気持の上で納得がゆかず、旧のままとした。

古里の山河はいまし初夏に入るさゆらぐ緑に花も散らして

わが家の子守女《こもりめ》に「佐藤しず」がいた。復員してみると肺結核を病み、明日知れぬ重症であった。私が小学校一年生の時、川におぼれていたところを救助してくれた恩人でもある。

子守女の重く肺病みかなしくてザルブロ注射すでに二十日を

〈註〉「ザルブロ」。ザルソブロカノン。消炎鎮痛剤。

楽し気に童子《わらし》の頃の吾《あ》を語る女《め》を癒したし叶わざれども

明日知れぬ肺病むひとは春光《はるかげ》に眼ほそめてなどやなるかな

「案ずるな」偽りめくを抑えつつ臨終《いまわ》の近き子守女《こもりめ》に言う

極東国際軍事裁判始まる

創世の御旨《みむね》に背き「聖戦」を国民《たみ》に強いたる大臣《おとど》裁かる

大臣等は戦陣訓も「聖戦」も国民に強いおき腹も切れざり

キーナンの声際やなり論告の生《なま》なましくもラジオに響く

〈註〉「キーナン」。極東国際軍事裁判におけるアメリカ側主席検事。

戦陣訓垂れたる将の肥え太りその腹切れず囚われにけり

囚われの将等は責任《せめ》を否みつつ戦陣訓に背き縊らる

東条英機縊られ果てぬ一九四八一二二三戦争責任固く否みて

戦犯の処刑の記事を読みいしが「日匪狩り《にっぴがり》」とう語を思いいず

底知れぬ恨み心は言うもならぬ重さをもちて絞首刑きく

戦犯の絞首をつぐる新聞もラジオニュースももの足らぬなり

天皇《すめらぎ》の赤子《せきし》の大臣縊《くび》られぬ皇太子《みこ》の生れたる記念とう日に

絞首刑七人《ななたり》なれど闇市に人群がりて昨日に変らず

如何がなる心動きのありけるや戦犯処刑に皇太子《みこ》を思えり

復員し復学も終えし学徒兵戦犯処刑をさめてききいる

十五歳を迎えし皇太子は大臣等の縊らるることいかが聞きたる

戦争《たたかい》の敗れ幾年すぐるとも民族《たみ》が負うべき責任《せめ》は変らず

戦犯に絞首刑ありその親族《うから》哭《な》かむか帰らぬ兵を忘るな

南溟《(なんめい)》に黄土に死にしは運命《さだめ》かや責任《せめ》負わぬ将のぬくぬくといる

年旧《としふ》るも戦争《いくさ》の責任は否まずに負うべき在り処踏みてゆかまし

戦犯の処刑報ぜし新聞を宝の如く文筥《(ふばこ)》に入れつ

天皇《すめろぎ》の戦争責任なしとうはアジアの民族《たみ》の容れぬことわり

戦争の責任ぼかされて歪みゆく時代《とき》の流れを正すすべなし

戦争の責任とつくにに裁かれし現実《うつつ》にいささわりきれずいる

自らの理（わり）にて大臣《おとど》も天皇《すめろぎ》も裁きたかりき叶わざりけり

国内《くなうち》を廻りて止まぬ天皇《すめろぎ》に開戦責任国民《たみ》は問わざり

兵あまた黙せしままに果てたりき死なせし者の言は堆《うず》なす

訴《うた》えしは「文明なり」とうキーナンの際やな声の耳朶《みみ》ゆ消えずて

アルカポネ捕らえし検事極東に「ニキ」「三スケ」らを裁きて去りつ

〈註〉「極東」。国際軍事裁判所。
「ニキ」。A級戦争犯罪人、東条英機と星野直樹。「サンスケ」。同、鮎川義介、松岡洋右、岸信介。このうち岸信介は出獄後、政界にカムバックして、一九六〇年安保改定の時の総理大臣となった。日本人のモラルをみるよい例であろう。

新旧の憲法《のり》にうたえる天皇《すめらぎ》の意の異なるに呼名変らず

敗戦に「天皇《てんのう》」の呼名変えざりき基本法のみ換えてこのさま

変えるべき思想などなし戦争《たたかい》に骨の髄まで諍《あらが》い生きて

強いられし傷み残れど侵略をなしたる民族《たみ》のひとりぞわれは

おわりに

忌まわしい記憶、捨て去りたい記憶、忘れてしまいたい記憶、語ろうとすると身震いしてきて耐えられなくなり、つい黙してしまう記憶……。私はそんな記憶を一つ、心の片隅に託ち、第二次世界大戦(太平洋戦争)の敗戦後を今に生きている。

多くの人が得意気に、或いはさもさも懐かし気に、或いは心からの懺悔でもしているかのように戦時中を語る時にも、私は沈黙を守ってきた。

年月を経ると共に、社会思潮も変化し、戦時中の悲惨を語っても殆どの人は驚かなくなり、南京大虐殺にさえ全く無反応といった時代になってきている。戦争は過去のものというのであろう。敗戦の日を「終戦記念日」と言って未だに敗戦の現実を認めようとしない自慰的傲りの社会思潮……、それは、戦争を「聖戦」という世界史的新語を造ることによって正当づけた思考の流れを引くものである。このような思潮の中で、いつの間にか生命の貴さに対する厳しさが薄らぎ、一方、いささか古めかしい言葉づかいではあるが、講壇的反戦論者とでも名付けたいと思うような「職業的反戦反軍備論者」が、世上の反戦論の旗振りをし、戦時中から反戦を展開し闘ってきたかの如く振る舞っている。

人間の生命、これ程貴いものはこの地上にはない。人間の生命を放る戦争、そのための軍備は決して平和や幸せの使者にも担い手にもなり得ない。戦争は信仰も自由も愛も育てない。愛のある軍備、自由のある戦争などある筈がない。戦争は自由を剝ぎとり信仰心を亡ぼし、愛を失わせる人類最大の罪悪である。

日本民族が、あの第二次世界大戦(太平洋戦争)に、心からの、しかも民族として永遠の懺悔を持ち続けないならば、再び、自由と信仰と愛を育まない方向に歩を進めるだろう。現にその兆しが見えている。憲法を美しい日本語のありのままに読まないで、権力に都合の良い解釈をし続け、曲解に曲解を拡大し、軍備を敗戦時の何倍何十倍にもしているのがそれだ……。この道は第二次世界大戦(太平洋戦争)敗戦以上の恥辱と滅亡への道である。

このことを心に確と留めておくためにも、懺悔の心と共に幼子のような純粋さで第二次世界大戦(太平洋戦争)中の、どんな小さな事象にも目を背けることなく、ありのままを後世に残して置くべきである。本来ならばこのための旗手はマスメディアであるべきだと思うのだが、現代のメディアは、その利益追求の前に、又敗戦後生れ育った人々が中堅となってメディアを担っていることと相まって、耳をかそうともしないし、そんな金にならないことはやりたくない、と耳目をそむけている。

私達は加害者であり被害者でもある。外に対する被害者意識は歴代政府の公報教育等の故もあって非常に強く、例えば毎年の原爆被爆記念日や敗戦の日には、祭り行事のように喧噪を極めるが、その日には、反対の極に別な被害者の存在することなど、一人として口にする者がいない。こんなことで戦争責任は果せまい。仮にいたとしてもメディアは耳目を藉さないし、メディアの振る旗の凄まじさに声は消されてしまう。また、戦争、侵略は歴史上、摘示に余りあり、何故日本だけが何十年経っても……と言う者が多い。が、これでは、決して戦争責任は果せないし、悲惨な歴史の轍を踏まないための英智は生まれない。日本人が被害者としての意識を持つなら、原爆被爆よりもむしろ中なる天皇という権力を頂点とした支配層、特に旧軍部、官僚特に司法官僚、日本資本主義資本、天皇一族等によって、あの第二次世界大戦(太平洋戦争)の塗炭の苦しみを舐めるにいたったことを意識すべきである。

一時は影をひそめていた「天皇は世俗的政治に無関係」の論が、最近又頭をもたげ、世を覆いはじめている。日本の知識層と言われる人々は「(天皇は)日本の神様に祈り、日本と世界の平和を願われる方なわけです。それが日本の伝統でした……」とも言う。日本一流(?)の大学教授さえ！　しかし昭和天皇が宣戦を布告し、ポツダム宣言という無条件降伏を受け容れた事実は消えまい。人は、いやあれは僅々二十年余のこと……と言うかも知れないが、歴史的戦争犯罪は、年月の長短で云々は出来ない。又、戦争責任は法律論をこえた論理で裁かれるべきである。少なくとも、第二次世界大戦(太平洋戦争)及びそれをさかのぼる昭和初期以来の侵略戦争は、すべて昭和天皇裕仁の裁可によって行なわれたものであることに目をそむけてはならない。

なればこそ、加害者は日本の支配層、それも天皇を頂点とするそれであることに思いを致すべきである。それに比べれば原爆被害は決して大きくない。しかるに敗戦後年ならぬ時戦争責任については、「一億総懺悔すべし」などと言い出した皇族がいて、まるで野火の如く世上を席捲し、隷従の愚、隷従する歓びといった封建的情緒から抜け切れていなかった日本人の殆どが、洗脳され、今日に見る、無責任の風土を形成してしまった。

私はその洗脳を拒否する。敵前抗命をして捕虜虐殺を拒否したと同じように……。一途なこの思いを、敗戦後いまなお踏まえ続けて古稀に入った。

この小冊はすべての資格剝奪をうけた一学徒兵の、小さな「いしぶみ」である。

(渡部良三)

〈講演記録〉克服できないでいる戦争体験

渡部良三

私達日本人は、第二次世界大戦（太平洋戦争、以下〝大戦〟）に敗戦後の五〇余年間、振子の様に揺れあゆぎ乍《なが》ら、その戦争責任の有無と負い方を模索《もさく》し、時に議論し、或《あ》いは心情的にいがみ合ってきました。占領軍の指示・要請という形ではあっても、非戦を規定するという、世界史に例を見ない、人類の理想とも言うべき憲法を制定したが、十分その憲法を機能させる事ができずに歩んだ年月でした。その間一九五〇年に勃発した朝鮮戦争の際には、米軍の兵站《へいたん》基地としての役割を、基督《キリスト》者でさえ否定も肯定もせず、沈黙のままこれを担いその生産に協力し精励《せいれい》しました。敗戦後の生活の困窮《こんきゅう》故、非戦反戦に心をめぐらす余裕がなかったのかも知れません。しかし結果は「生活の為」とは言い切れない、日本の現代史を形造りました。

戦争の実体験者が、歴史の現認者が、年々減少してゆくにもかかわらず、日本と日本人はなぜか今日迄、旧軍部主導の侵略と戦争に熱狂的な支持を与えたのかを調査、確認、批判、評価する事がなかった。日本近現代史の一側面としての〝軍事史〟とでもいうべき形で、さきの大戦を、日本人の精神文化(史)から説き起し、歴史的論理的に究明批判すべきであった。そして天皇やその一族と側近、軍部のみが悪者であるとする短絡的な責任の問い方、誠に浅薄で断罪目的々な言動にて事足れりとすべきではなかった。国民全体の精神構造の形成とその歴史的背景をふまえた上での戦争責任論でなかったから、多くの人々をして戦争責任の問題に目を向けさせる事ができなかった。しかし、だからといって私は、一人一人の戦争体験とそれぞれの立場からの批判が無意味だというものではありません。又敗戦後の皇族出身首相(東久邇宮《ひがしくにのみや》)のように〝一億総懺悔《ざんげ》論〟を主張する者でもありません。戦争礼讃《らいさん》者の言動は何故、今日も尚《なお》根強く生き続けられるのか。又何故、自分の子、夫、兄弟達の大戦による死が犬死だったという立場を容《い》れられないのか。他国への侵略行動他民族圧殺に狩り出されて死んだ事に、何故国家的意義と栄光を要求するのか。数少ない非戦論者の反戦体験・抵抗の経験が何故語られたその場限りで、波及効果を大きくなし得ないのか。それは多分、日本人の精神的風土から払拭《ふっしょく》し切れないでいる権力主義、権威主義といった市民社会的価値観とは根本的に相容れないものが残っており、識者と呼ばれる人達でさえ今尚、その思考の根底に、個人の利益という低次元の尺度が横たわっているからではないのか。戦争責任の問題、非戦論そのものの展開に、現世的なものを期待する思考から脱却できないでいるからではないか。

今日私はここに立って、青山学院大学の学生諸兄姉とこの大学に連なる多くの方々の前で、大戦中の、学徒兵としての戦争体験を語ろうとしています。皆様に対する私の語りは決して懺悔《ざんげ》ではありません。神或いは仏と人間の関係において成り立つ懺悔をしても、私達人間が、先の大戦において犯した罪に責任を負うべき知恵は生まれません。私が今、何よりも心にかかる事は、私の経験事象を皆さんに聞いて頂いても、私の言葉や文字がストレートに真実を伝える事にはならないという事、言葉や文字はそれ自体が不完全さを持っている事を知っている事に起因する不安なのです。

学徒兵だった時代から五〇余年間、私は自分の戦争責任について思いめぐらし、一体いつになったらより厳しく他在の痛みを自らのものとして感じとる人間になれるだろうか。事実を事実として認め自らに積極的に(〝的〟ではない)責任を負う人間として立つ事ができるか。戦場において、神のみ教えを説かず沈黙してしまった神への背きを再犯しなくて済む人間になれるだろうか、と苦しみ続けてきました。

黙すとう神への背きいまになお魂《たま》ゆさぶりて我は苦しき(新かな遣い。以下同)

一九四四年春私は学徒兵として、大中華民国河北省深《しん》県東巍《とうぎ》家橋鎮《かきょうちん》(現在の中国)という小さな邑《むら》に派遣され、駐屯《ちゅうとん》部隊の一兵として教育訓練の日々を送っていた。鉛色の空が時に雲を薄くして日が射《さ》すかと思わせるような、すっきりしない日和の朝食の刻《とき》であった。内務班と呼ばれる兵等の居室で、折畳み式の細長い座《ざ》卓《たく》を並べ、一五名の兵に担当分隊長一人、分隊付上等兵(分隊長の補佐。班付ともいう。自衛隊における士長)一人計一七名が朝食を摂《と》っていた。いただきますという兵等の声が響いて幾許《いくばく》かの時間が経った時である。ばん！と食卓を叩き付けるような音と共に班付が立上った。兵等は驚き一斉に班付の顔に視線を当てた。兵営内は朝食時間の静寂《せいじゃく》を刻んでいた。班付が口を開いた。

「飯《めし》を食《く》い乍《なが》らでよいから聞け。分隊長殿に代って伝達する。今日は教官殿の御配慮によりパロ(八路《パロ》。中国共産党第八路《はちろ》軍の略。現在の人民解放軍の前身)の捕虜を殺させてやる。演習で刺突《しとつ》してきた藁《わら》人形とは訳が違うから、教官殿の訓示をよく聞き、おたおたしないで刺し殺せ！　おどおどおどして分隊長に恥をかかせたりしない様にな。いいか……」

箸音は止み、兵等《へいら》の心音さえ聞えるのではないかと思われる緊張と静けさが満ちてきた。飯を食い乍らでよいと言われても、もし箸を手に口を動かしていたなら、食卓が足蹴《あしげ》にされるのがオチだ。捕虜を殺して肝玉《きもったま》を持て！……か？　彼は転属以来一度ならず人伝《ひとづて》に聞いてはいたが、その殺人演習が、今日現実のものになろうとは思ってもいなかった。身を貫く驚愕《きょうがく》は食物の嚥下《えんか》を不可能にした。そしていつ班付の命令伝達が終ったのか、話しを聞いていたのに、気付いていないという状態でした。勿論当日の昼食も殆んど摂《と》れなかった。戦友等の食欲を横目に見乍ら自分という人間を顧みる自らがそこに在った。

捕虜を殺す！…。この小村、東巍《とうぎ》家橋鎮《かきょうちん》は確かに電気もガスも水道もない。飲料水用の井戸さえ十分な数がないと聞く僻地《へきち》である。しかし地図を見るとこの駐屯地は、かつて中国が天津《てんしん》開港を余儀なくされたアロー号事件で名高い天津市南方二百余キロメートルの徳州市から、京漢鉄道石家荘《せっかそう》駅に到るローカル線を北西に百余粁の馬頭鎮《まとうちん》駅からさして遠くない位置にある。地図上は決して文化に遠いと言う邑《むら》ではない。しかるに日本軍の、捕虜に対するありようは、国際法も捕虜に関する条約も全く念頭にない。「今日は殺人演習だ、捕虜を藁人形代りに殺させてやる」と言うのだ。しかも教官殿の〝御配慮〟というのだから呆《あき》れてしまう。伝達が終ったのちの暫《しばら》くの静寂は耳に痛かった。その静寂は、自分が未だ高校生(旧制)の頃人を介して訪ねる事の叶《かな》った、函館郊外に在るトラピスト女子修道院における昼食の時に経験しているものであった。あの寂けさであった。時の院長、仏国人神父ガブリエル氏の「食事に喜びを覚えることは罪です」という徹《とお》った声が思い出された。

私は兵として戦地において自分に対するリンチを除けば、忘れる事のできない三つの経験をしております。一つはこれから述べようとしている捕虜の虐殺、二つは女密偵の拷問、三つは激戦とその前後の燼滅《じんめつ》作戦(焼土作戦)と老幼男女を問わぬ無差別掃討《そうとう》行動です。掃討と言えば聞えはよいが皆殺しです。まず捕虜の虐殺について述べ他の二つについては、短歌で省略して触れ、話しを閉じさせて頂きます。私は今、虐殺と申しました。私は虐殺というのは数ではなくその殺し方にあると思っています。大中華民国河北省深《しん》県東巍《とうぎ》家橋鎮における経験です。昼食はのどを通らぬまま午後一時の集合ラッパを聞き、初年兵の教育小隊は営庭に集合した。いつもは時間前に営庭に立ち新兵らの集合整列を待っている教官の姿がない。代りに自分が所属する第四分隊長鷲津《わしづ》軍曹が立っていた。引率されて営門をくぐり、兵営と対角線上に在る空地について見ると、軍刀の佩環《はいかん》の音を響かせ乍ら、ゆ、、、、つくりともとおる(はいかいするの意)姿がそこにあった。教官である。そこは、今朝、戦友等と共に大きい素掘りの穴を掘った所だ。彼は一瞬これが墓穴かと直感した。型通り少隊全員の点呼が改められ、教官に、異状なしの報告がなされ、空に吸われて消えた。驚愕《きょうがく》と戸惑いと共に、どうにかならないかという漠然《ばくぜん》たる想念の堂々めぐりの中で、最も重要な位置を占めていたのは、この殺人演習を拒否すべきかであった。小さい頃から、自分の生命も他人のそれと同等に置けない人間は、神の教えに背く者だと躾《しつけ》られてきたことに思いを致せば、当然、聖書の〝汝《なんじ》殺す勿《なか》れ〟をあげる迄もなく、答えは拒否の一事しかないのに、自分がどうしたらよいのかなどと考える事自体異状であった。故郷を後にする時、山形市の小さな旅館で、何時間かを過したあの日、父から与えられた言葉「官吏（註・当時は国家公務員をこう呼んだ）の中には、外交官という職があるだろう。私は詳細を知らないが、国際紛争を最小限に、ましての事戦争については、限りなくゼロに近付けるべく努めるのが、外交官だと私なりに解釈している。お前はこれから戦争に征《ゆ》くが、私の知っている限り日本の軍隊はお前のその冷めた眼を容れる事はないだろう。多分生きの限りを一兵士として留めるだろう。今別れて戦地に行ってしまえば、父親として何もしてやれない。一言の助言もできない。それが切ない。しかし良三、どうか神に向って目を開いていて呉《く》れ。たとえ外交官でなくとも一介の兵士として戦地に在ってできる事があるだろう。

私には戦地の経験がないから、それはこれだと指し示す事はできない。しかし兵士という人間として、神様のみ心《こころ》に叶《かな》う行動をする余地が必ずある筈だ。外交官以上の成果を上げ得る事があるかも知れない。だからそれを知る為にも、常に胸を開き神様に祈る事を忘れないでくれ。いかなる事態に遭遇《そうぐう》しても神がいまし、良三を守り導いてくれる事を信じてくれ。神様を忘れないでくれ」と言い、更に語を次いだ。「最近内村鑑三先生の聖書の研究を読んでいたら、こう言う事が書かれていました。〝事に当り自分が判断に苦しむ事になったなら、自分の心を粉飾《ふんしょく》するな、一切の虚飾《きょしょく》を排して唯只管《ひたすら》に祈れ。神は必ず天からみ声を聞かせてくれる〟と。だから心を粉飾することなく祈りに依って神様のみ声を聞くべく努めなさい。お前の言葉でよいのだ。言葉など拙《つたな》くてもよい」

私はその通りだと分かってい乍《なが》らどうにも心の整理ができなかった。反体制の立場に立つのが怖かったのだと思う。私は殺人をしなければならないという現実を前に、全くどうしてよいか分からないという情況にいた。いまここに親爺《おやじ》がいたら何らかの助言が得られるのに……、そんな気持で父の言葉や父が語ってくれた内村鑑三の言葉を想起していた。二二歳にもなって……と笑われるかも知れませんが、私の実相でした。このような想念の堂々めぐりを繰返すうちに、教官の訓示が始まった。

「今日はお前達が度胸をつける為に、先輩戦友達が討伐《とうばつ》作戦に出動して捕虜にしてきた八路《パロ》を殺させてやる。シナに来て月余、大分兵隊らしくなってきたが、未だまだである。度胸に欠ける。パロを昨日までの突撃訓練で突き刺してきた藁人形代りに殺させてやる。天皇陛下は何事も選ばずに兵《つわもの》だった事を嘉《よみ》せられるのだ。よいかしっかり刺突して根性を付けろ。一日も早く天皇陛下のお役に立つ兵隊になれ。最初はわしがやって見せるからよく見ておれ。人間の体はな、正面から真直ぐ胸を突いたのでは、肋骨に当って心臓を刺す事ができない。少し下端から突き上げる様に刺突をしろ」と言った。そして我々が今朝の使役で掘らされた穴からほぼ一五歩程の所に、半円を描く形で、四個分隊が各々一列縦隊に整列した。殺人！　捕虜を殺す！……。国際法をみても捕虜に関する条約をみても、強制労働さえ許されていないのに、その生命を藁人形代りに奪うという。

暗黒大陸(当時はこう呼ばれていた)アフリカにおいてさえ、一五世紀末に始まり五〇〇年に亘《わた》る西欧や大西洋を隔てた新大陸との関わりに見る、一方的に消される又は奪われるという時代を除けば、亡ぼし亡ぼされるという事態はあっても、常に容易に変換されるという対等平等の立場で歴史は刻まれてきた。いま眼前に展開されようとしている殺人の現実は、一五世紀末からのアフリカに見る西欧の略奪と蹂躙《じゅうりん》の歴史と変る所のない事態なのだ。

そうは考えても、殺人がどういう形で展開されるのか想像もできず戦《おのの》いていた。

日本と日本人は、八紘一宇《はっこういちう》、五族共和（大戦当時侵略を正当化する標語）と言い乍ら、実は侵略し支配し収奪し差別を強いて、この標語からは程遠い事態を平然と行なっているのである。後年機会があって、何人かの方から、捕虜刺殺を拒否する決心は、伝達された当日の朝食時からできていたのかと問われましたが、私は殺人専用の銃剣を自分の手に渡される迄、決心はついていませんでした。ただ漠然と何とかならないかという、誠に情ない心情であった。事ここに到っても生れつきの優柔不断と鈍重《どんじゅう》は全く変らなかった。今になってこの時の想いを顧みると大なり小なりの差はあっても、私を含む四九名の新兵の相当数がかこっていた心情ではなかったかと思われる。イエスかノーかを明確に意志表示できない思考の甘さ。本来的に人の生命に皮膚の色や文化の違いによる差がある筈がない。少しでも神のみ声を聞きその言葉に信を置いて生きようとする者にとっては〝ノー〟しかないと分かっていても堂々めぐりを脱けられなかったのは、私の天性もさる事乍ら、日本人特有の、自分を育てた精神的風土、土俗性といったものを積極に肯定もできなければ否定もし得ないでいる姿だったのかとも思うのですが、納得のいく答えを自らに得られないまま、このように老い死を迎えるのではないかと思っております。

こうした情況の中で、教官の訓示を聞いていたのですが、いついかなる形で話が終ったのか、自分の想念にとらわれていた為に、記憶としては何も残らなかった。しかし猛々《たけだけ》しい教官の声が途切れた事だけは分った。新兵達がざわめきを起し、つい先刻自分達が後にした営門の方向に視線を移していた。つられて見ると、やせ形の体格で色白面長の捕虜が目隠しをされ捕縄《ほじょう》を後ろ手にかけられて、古年次兵二人に両側から挟まれる様にして連れて来られるのが目に入った。

いかがなる理にことよせて演習に罪明からぬ捕虜殺すとや

刺し殺す捕虜の数など案ずるな言葉みじかし「ましくらに突け」

眼間《まなかい》に来た捕虜を見ると未だ〃一五、六かせいぜい一七、八歳の、誠に可愛い〃と言ってよい面立ちの子供に見えた。私はその時、何の気なしに、ふと、集落を囲む城壁に沿って視線をめぐらせた。通常日本軍が行動する時には、中国人の姿を見る事は先ずない。スパイを疑われ処刑されかねないという事を経験的に知っているので、そうするのだと聞いていた。しかるに今日は、集落を截《き》る一本の道路に、点々と人影が見えるではないか。しかも殺人演習を形造る私達の方に視線を向けている！　基地で働く中国人労務者からの情報にでも寄るのであろうか。一方、日本軍の側もこの状況を目にし乍ら、教官以下何も言わず黙っている事が不思議であった。この事は今尚不可解のままである。

連行された少年は現場の雰囲気から殺されると直感したのでしょう。いきなり大声を上げた。中国語を全く知らない私だったが、その絶叫は「助けてくれ！」と叫んだのだと思っています。しかしその時、古年次兵は既に捕虜の片腕を杭《くい》に縛り付けていたから、絶叫と共に走り出そうとしたのだが遅かった。鈍い、土の崩落音と共に捕虜の体は、片手吊りの状態で穴の中に落ちていった。体が半回転し捩《ね》じれているのに、古年次兵はそのまま強引に捕虜を引上げたからたまりません。片腕に体重をかけた状態では、骨折か脱臼をしたのでしょう。内にこもったような音がした。改めて残る片手を固定した。その時捕虜を連行してきた古年次兵の一人が怒鳴りつけた。

「この馬鹿野郎！　じたばたしたって始まんないじゃないか」。日本人はこの〝ばかやろう〟という言葉をよく使います。この一語が、この時程人間の悲しみに満ちた言葉として聞えた事はありません。先に単身現場にきていた教官が、どこからでも狙撃《そげき》される危険な場所で、唯一人もとおり、落付かない心情を体中から溢《あふ》れさせていたのも、彼が今日の殺人演習を自ら計画し決定したのに、やはり人を殺す事に何がしかの心痛みを覚えていたが故と推測できたし、生命乞《いのちご》いを絶叫した若い八路軍の兵士を骨折も脱臼もかまわず引摺《ず》り上げ、改めて杭に縛り付けた古年次兵が、ばかやろう云々《うんぬん》と怒鳴り付けたのも、心の伏線は同じものだったのではないか。

〝この馬鹿野郎！〟には、抵抗のすべさえもてない状態にしておいて、人間を殺す事に対する、人間の持つ本然的な善なるものの悲しみと痛みとやり切れなさが籠《こ》められていたのではないか。三年も五年も戦地に生き、心の荒《すさ》んでしまった古年次兵であっても、その片隅心に何がしかの「らしさ」が残っていたのではないか？　今尚その想いを払拭《ふっしょく》し切れないでおります。そして心痛む現実に直面しても、良心に従がい自己主張する事が許されない「日本の軍隊は切ない」と、自分に言い聞かせる為の怒鳴り言葉「馬鹿野郎！」だったと、自れを納得させようとしている私がそこに在った。私はこの一言を、五人の捕虜が虐殺される間に、何回か聞いた。五人の八路を、新兵四九名教官一人計五〇名のうち私は拒否し、剣を振わなかったから、一人の八路軍兵士を九ないし十名で刺突したことになる。新兵の中には勇気ありげに、それとも教官に阿《おもね》るつもりか、気合諸共二度三度と突き刺し

「立派だ、それでこそ天皇陛下の兵隊だ」と教官から賞《ほ》め言を受けた新兵が何人もいる。彼等は後に第一選抜で昇進していった。

殺人の訓示に続く教官の言葉は、誰に言うともなく「刺突銃をくれ！」であった。この刺突銃と呼ばれる銃と剣は、在支日本軍のどの部隊にもあったと聞いている。明治三八(一九〇五)年に制定された所から「三八式小銃」と呼ばれ、単発である。長年間に照星《しょうせい》が狂い、如何に調整しても弾丸が命中しなくなったものを、殺人専用にしているものである。血を吸い銃剣は錆《さ》び、後刻《ごこく》に、私の手に渡された時は、人間の血と膏《あぶら》で鍔《つば》の周囲は泥田のへ、ど、ろ、が付着したかに見え、光の反射もない薄墨色であった。刺突銃とは虐殺専用の銃と剣です。情容赦なく時間は流れていった。教官は私の所属する第四分隊長鷲津軍曹に対して「すまんが鷲津、号令をそえてくれんか」と言った。了解の一言に続き、喘鳴《ぜんめい》のような声で「伏せ！　突撃用意！　突撃！」の三語が流れた。教官は型通り身をこなしたらしいと言うのは、私は耐え切れず瞼《まぶた》を閉じてしまったのです。

「刺突銃を呉れ！」猛き声あり教官の手のいださるるを見つつすべなし

獣めく気合鋭く空《くう》を截《き》る刺されし八路《パロ》の叫びきこえず

ひと突きしゆるゆるきびすをかえしつつ笑まえる将の血に色ありや

教官が上げた気合い、それは獣《けもの》の叫びとも唸りとも何とも名状《めいじょう》し難い声、いや音であったというべきか。私が目を閉じている事に気付いた班付、蔦《つた》正男上等兵は、「この馬鹿野郎！　目を開けてよく見ておけ！」と、鼓膜《こまく》が裂けるかと思う程の大音声を、私の耳元で上げた。私は正面を見た。捕虜は教官の第一撃で、深々《ふかぶか》と胸を刺されたのであろう。両足を束ねられているのでどうにもなりません。しかし呻《うめ》き声ひとつ洩《も》らさず、両脚を胸に着く程深く深く折り曲げ、痛みに絶えていた。全くの沈黙である。この現実！…。我々は強いられて、一部の者は、もの習い半ばで戦地に連れて来られ、いままさに、民族こそ違え同世代に対し、殺人を強制されようとしている。この殺された若い八路軍の兵士は、何に夢を托《たく》し青春を賭け、生命をかけて死を強いる暴力に対して沈黙を守るのか。大きい底知れぬ恐怖を伴った驚きであった。

深ぶかと胸に刺されし剣の痛み八路うめかず身を屈《ま》げて耐ゆ

教官から最初に刺突銃を手渡され、初年兵の先手を担う事になったのは、第一分隊の今野二等兵で、後日経験する激戦で運命的にも初年兵の戦死第一号となる戦友であった。心の優しい男であった。彼が教官から刺突銃を手渡され「どうだ、よく分かったか」と言われた。目を開けていろと怒鳴り付けられた私はその教官に目を当てていた。捕虜を猛獣《もうじゅう》の咆《ほ》え声の様な気合いと共に一撃した教官は、新兵の少隊が並び立つ方向に踵《きびす》を返し乍らその顔はにやにやと薄ら笑いを浮かべていた。人を刺し殺して笑っていられる！　手にする銃剣からはぽつりぽつりと血が滴《しずく》している。この人間を育てた家庭はどんな精神的風土を持っているのであろうか？　私は、心情レベルでは到底赦《ゆる》せないそして背筋の凝《こご》る思いをかこっていた。刺突銃を手にした新兵今野二等兵は、突撃と号令されて走り出したが、その後ろ姿はまるで老いのよたよた走りそのままであった。気合いも掠《かす》れていて声にならない。突き出した銃剣はごつっという鈍い音と共に肋骨《ろっこつ》で止まった。失敗したのだ。教官の罵声《ばせい》が飛んだ。「この馬鹿野郎！　両手足を縛ってある。少しも抵抗はせん！　おたおたするな。やり直し！」今野は、はいと言ったらしかったが声にならなかった。突き直しの一閃《いっせん》は腹部を突いたのであろう。今度はのめり込みそうになり乍ら漸《ようや》く踏み止どまった。再び教官の狂気じみた焦慮《しょうりょ》の声が響いた。「しっかりと踏張るんだ。人間の体はな、刺されると急激に収縮するから剣が引きにくくなると言っただろう！」こうして最初の捕虜は教官と一〇人の初年兵に刺突され襤褸《ぼろ》の様になって、まるで屠殺《とさつ》場の臓物《ぞうもつ》もかくやと思われる体《てい》で、足蹴《あしげ》され、塚穴に消えた。捕虜は中国人の多くの人々と同様な紺色の綿入れ、今日のキルティングの様なワンピース状の平服を上に纏《まと》っていた。しかし一〇人の若い将兵等によって刺突されては、見るも無惨な姿となり、血も肉も衣服も識別が付かない状態であった。強いて言えば挽《ひき》肉を芦《あし》で編んだすだれに叩き付けたらこうなるかと思われる状態を呈《てい》していた。捕虜の体が千切れず二本の杭《くい》に吊られている事が不思議に思われた。教官の初めの一突きで衣服の内側を伝い流れ落ちる血は、掘り上げられた代赭色《たいしゃいろ》の土の凹凸を染め、襞《ひだ》をなし二本の杭の根方に広がり出していた。三人目の日本兵が刺突する時には、八路軍兵士の生命は絶えていたであろう。屍《しかばね》となった血の気の全くない捕虜の体は、それでも刺突せよという命令で突かれる度に、ものゆのさまに揺れ動いていた。その光景は「惨《さん》」の一語であった。両脚はだらりと下っていた。

引続き二人目の捕虜が刑場に連れて来られた。見ると三〇歳代半ばか四〇代に見えた。

この捕虜は目隠しをしていない。にこやかな微笑さえ浮かべている。それを見た教官は〝おいどうしたんや、何故目隠しをせん…〟ときいた。連行した古年次兵の声が、すぐ返された。〝こいつが言うには、どうせ殺されるなら殺される場所と自分を殺す奴を見て死にたいから目隠しはしないでくれと言ってどうしても目隠しをさせないんですよ〟私の夢に今も尚立つ一人はこの捕虜の面立ちです。にこやかな微笑、澄《す》み徹《とお》った目は瞼《まぶた》から消えません。

きわやかに目かくし拒む八路《はちろ》あり死に処《ど》も殺す人もみむとや

憎しみもいかりも見せず穏やかに生命も乞わず八路《パロ》死なむとす

彼も終には両手を杭に縛られ目隠しをされたが、縛られ乍ら最初に殺された同胞の、ぼ、ろの様になって塚穴に転がされている姿と私共日本軍新兵の顔を、交互に見詰め記憶に留めるかの様に、ゆっくりと首をめぐらせていた。そして又日本軍新兵の銃剣が振われ、捕虜は襤褸《らんる》とした屍となって塚穴に消えた。三人目の捕虜が殺される事になった。私の記憶はこの三人目の捕虜についても今なお強烈に残っている。年は二〇歳前後、我々と同世代と思われる若者だった。刑台となっている杭に体を固定された時でした。東巍家橋鎮を貫く道路に、点々と並び立ち日本軍の殺人演習を遠望していた列から、一人よろよろと走り寄って来る者がいた。その走り方からすぐに女性だと分かった。いまにも転びそうな姿からうかがえるのは、いま殺されようとしている捕虜の助命《じょめい》を乞《こ》う為に、必死に走ってくると見てとれた。もし捕虜を助けてやれないものならば、現場に到着する前に阻止すればよいものを、教官以下の言動はなかった。日本軍将兵のたむろしている傍《そば》迄来ると、彼女はいきなり土下座をして何かを喚《さけ》ぶように語り出した。私に中国語は全く解りません。しかしその女性の年齢からみて子供を助けてくれと言っている母のものと認《み》てとれた。すると大阪府出身の班付、岸田上等兵が「このばばあ、今頃そんな事言ったってどうしようもねえよ。あほ！…」と言うと、その母親らしい人を捕え、口に猿轡《さるぐつわ》をかませ道路迄引張って行き両脚を束ねごみ袋でも放り出す様に転がした。その時班付が何を言ったのか殺人を遠望していた中国人は一斉に城外《じょうがい》に向って逃げ出した。一方母親らしい女性の声が猿轡で消された時、既に杭に縛られていた捕虜は、かん高い声で一言「メイファーヅ！」と叫んだ。私が一番最初に覚えた中国語で「仕方がない」の意である。一〇人もの若い日本軍兵士の刺突を受ければ、殺される者の体には血の一滴さえ残っている筈がない。縛《しば》られている手首は勿論顔も黄褐色《こうかっしょく》となっており鳥肌になっている。その体を尚も刺突する凄惨《せいさん》さは正視に耐えるものではなかった。それでも刺突《しとつ》せよという教官の命令は続いた。次、つぎ、次と……。

纏足《てんそく》の女《おみな》は捕虜のいのち乞えり母ごなるらし地にひれふして

地に額《ぬか》をつけ子の生命乞う母の望み断たれぬさるぐつわにて

生命乞う母ごの叫び消えしとき凜と響きぬ捕虜の「没有法子《メイファーツ》！」

新兵は狎《な》れてきたのか、それとも教官のつわものだてという要求を容れたのか、徐々に声にはりが加わり、先き手を担った兵のように怖《お》じ気《け》を見せなくなり、四人目もすでに生命断え、突き出される剣尖《けんせん》に、ものゆのさまにゆれていた。その時自分の想念が、どこでどうしたのか、五人目の捕虜を一番最初に刺突するのが自分になると計算をしていた。その事が分かった時、衝撃的に、山形駅で父と別れる時の父の一言が蘇《よみがえ》った。「神様を忘れないでくれ。事に当って判断に窮《きゅう》したならば、自分の言葉でよいから祈れ。信仰も思想も良心も行動しなければ先細りになる許《ばか》りだぞ……」

彼は今更の様に、父のその一言に力を得て祈りを始めた。唯一言「神様、道をお示し下さい。力をお与え下さい」。それは今尚忘れかねる、幼児の祈りにも似た拙《つたな》い貧しい祈りと希《ねが》いであった。呟《つぶや》きとも独語《ひとりごと》ともつかぬ祈りの中で、中国大陸における黄塵《こうじん》来襲前に聞く大地の深処《ふかど》で轟《とどろ》く、重くこもったような音と共に、自分の体全体が巨大な剣山で挟み付けられたと思うような激痛と共に、神のみ声を聞いた。

「汝、キリストを看よ。すべてキリストに依《よ》らざるは罪なり。虐殺を拒め、生命を賭けよ！」

そうだ、祈ろうと考えようとこの道しかない！　既に四人は殺され、もう一人は確実に殺されるであろう捕虜と共に、この素掘りの穴に朽ちる事になろうとも、拒否以外に選択肢はない。殺すものか！……。

時間の流れは自分の想念とは関わりなく流れ、血と人膏《あぶら》で赤黒く光る刺突銃が私の手に渡されていた。今でも私に銃剣を渡した同年兵の声は耳に残っているが、自分がいつどのようにして刺突銃を握ったのか覚えていないし思い出せない。そして「信仰」を挟んで、教官との問答となった。

「おい渡部、お前は信仰の為にパロを殺さないというのか！」どすのきいた大声と眼球の飛出しそうな厳しい目つきであった。

「はいそうであります」彼の一言は、途方もない大声で四方に響き渡った。

以後の私は、一切の資格が剝奪《はくだつ》され、時に人間扱いさえ受けられず、敗戦し復員時にも尚「大日本帝国陸軍二等兵」(最下級)であった。しかし私は今尚その階級であった事を〝光栄〟と思っております。

当日は唾を吐きかけられ胸ぐらをこづき廻されたが、教官の一言「処分は後でするから演習を続けよう」で、事態は進行した。私に加えられた爾後のリンチと差別は、汝殺す勿れを、上官にも戦友にも説かなかった事への罰であったのかも知れない。しかし「捕虜をころすことは天皇の命令だぞ」の一言を、神のみ言葉の告知「虐殺を拒め」の前には、踏む事が許されなかった。誰に従がうかはこの場合選択の余地がなかった。信仰が何だ！そんなものは天皇陛下に対して不忠になるだけだと言う罵言《ばげん》は容れられない。戦友の侮り《あなど》驚き蔑み《さげす》の中での生活は、絶え間のないリンチと共に通信兵になる為に転属する迄続いた。

毎日毎夜加えられるリンチは「忍耐は練達《れんたつ》を生じ……云々」のロマ書五章三節四節を心の中で繰返す事で耐えた。リンチ、それはゲートルリンチ、対向ビンタ、水責め、匍匐《ほふく》、捧げ銃、殴打(帯革、軍靴《ぐんか》、銃把《じゅうは》)等々、人知で考えられるであろう殆んどの私刑は、死を除いて経験する事となった。ゲートルリンチは一足二本を一把《たば》とし、二把を夫々両手に持って両頬を往復で殴打する。全く音は出ないがその激痛は凄じい。口腔《こうこう》は千切れボロを貼り付けた姿になっているのではないかとさえ思われた。対向ビンタは不都合(小銃に塵一つ付着していても)を起した兵の所属する分隊全員を対向整列させ互いに向き合う相手を殴らせる。私の分隊は奇数人員だったから、病人でも出ていない限りは一人が端数になる。その端数は常に私が当てられ私を殴るのは分隊付上等兵で、殴るのは手でなく帯革(ベルト)であり営内靴(スリッパ)であり軍靴である。頬口腔も傷だらけで、先ず食事はとれない。う、い、でも塩味が刺さる。ゲートルリンチに匹敵して痛む。水責めは古洗面器に錐《きり》で穴をあけ、頭上に掲げ持たせ水を満たして雫《しずく》を頭頂に落とし、全身がずぶ濡れになる迄続ける。同年兵しかも同分隊の者に水を補充されるのが切なかった。殴打は帯革で頸部を殴る者、刺突銃の銃把で脚を殴打する者、古軍靴で殴る者、倒れれば足蹴にされる。リンチは「暫《しばら》く気合いをいれなかったから気合いを入れてやる」という理由で加えられる事もある。或《ある》時、野外演習でリンチされ失心して放置されていた所を、中国人が兵営に運び込んでくれ、休養室に収容された事があった。衛生兵曰《いわ》く「馬鹿だなぁーお前。目をつむって一突きすれば済むじゃないか。愚直《ぐちょく》に過ぎるよ」。この衛生兵は、隊を同じくしている間、私には優しくしてくれたが、この時の一言は恐ろしかった。その言葉の底に潜《ひそ》む人命軽視、異民族差別、蔑視《べっし》を想い、体が震えた。今日尚日本人の血に流れている人間観なのだ。

祈れども踏むべき道は唯ひとつ殺さぬことと心決めたり

血と人膏《あぶら》まじり合いたる臭いする刺突銃はいま我が手に渡る

虐《こ》殺《ろ》されし八路《はちろ》と共にこの穴に果つるともよし殺すものかや

鳴りとよむ大いなる者の声きこゆ「虐殺こばめ生命を賭けよ」

「捕虜殺すは天皇の命令《めい》」の大音声眼《まなこ》するどき教官は立つ

縛らるる捕虜も殺せぬ意気地なし国賊なりとつばをあびさる

しろしめす御旨を恃《(たの)》み殺さざり驕《(おご)》れる者に抵抗《あらがい》てわれ

リンチは、捕虜虐殺の夜第二分隊の新兵逃亡という事態が発生し、その逃亡兵捜索に出動した五日目の、露営の夜半から始まった。

現代は殺人に対して全く心痛みを覚えない風潮にあり、戦争中の虐殺を語っても耳をかす者は数少ない。私の経験が「五人の捕虜を虐殺した」と言うと「何だたった五人か」という表情をありありと見せる。殊にジャーナリストの世界に多かった。虐殺演習の後、八路の女密偵の拷問を見せられ、通信兵となる為に転属する朝は、朝鮮人慰安婦の急死と聞かされた出棺《しゅっかん》を見た。通信兵となってから出動させられた討伐《とうばつ》行では、八百名のうち五百名近くが戦死傷する激戦、敗け戦を経験するが、その前後には、村という邑《むら》、町という街を一軒残らず焼き払う「燼滅作戦」の三昼夜、又戦闘終了後の掃討では老若男女を問わぬ皆殺しを認《み》ることとなった。生命乞いがあろうと、抗日を叫ぼうと、眉間《みけん》に銃弾を撃ち込む皆殺しである。略奪強姦は、兵隊同士が互いに見張りをし、獣欲《じゅうよく》を果たせば撃ち殺し、隠れていた老人が火達磨《ひだるま》になって逃げ出してくれば、さんざめきの中に銃を撃つ。先祖伝来の家を目の前で焼かれ、一族の眼間《まなかい》で娘や妹が強姦されてあげくの果てには銃殺される、誰が忘れ得よう。一族かたみに語りつぎ、孫子《まごこ》の代迄忘れる事は無いだろう。忘却を美徳とする日本と日本人の習わしを、中国の政治家等が、恨みこめて口にするのも大戦中の上記のような「天皇の軍隊」の行動を、民衆の声からくみ上げ、政治外交の根底に据えているからと考えるべきではないだろうか。

乳《ち》を離れふところいでて二十《はたち》まりいまもろこしに拷問をみる

双乳房《もろちち》を焼かるるとうにひた黙す祖国を守る誇りなるかも

水責めに腫れたる腹を足に蹴る古兵の面のこともなげなり

密偵の生命果つるに戦友《とも》も吾《あ》もものも言わざりきこのなさけなさ

かほどまで激しき痛みを知らざりき巻ゲートルに打たれつづけて

かかげ持つ古洗面器の小さき穴ゆ雫のリンチ頭《ず》に小止《おや》みなし

班付《はんづき》はリンチの水を注ぎ足しつつ嘲笑《わら》いつつ「御苦労だな」

後の日のそしりを恐れ戦友らみな虐殺拒みしわれに素気なし

靴底に擦れるマッチの青き火に炎あがりぬ民家《いえ》を焼くなり

燼滅《じんめつ》は夜半におよべり見返れば地平火の海これも戦《いくさ》か

自《おの》がせる尿《ゆばり》の匂う地に伏しつ八路の弾丸《たま》の頭かすめて

息あるは傷など問わずとどめ刺すあまりに酷し戦争《いくさ》とは言え

傷つきて喘ぎつつなお吐く息に抗日叫ぶ若き八路《はちろ》よ

血に塗《まみ》れ井戸側による老婆《ばば》ひとり据えし眼《まなこ》に氷《ひ》の憎みあり

千切れたる千人針はあけに染む戦友の臓腑とないまぜし如

（註）講演時には拷問《ごうもん》、討伐《とうばつ》についても述べたが省略した。

終りに

私が学徒兵としての体験を語る事はこれで終ります。駆け足でしたが戦争の酷《むご》さ、ボタン一つで何十万人を一瞬に灰にする現代戦とは異なる残酷さを少しはお解り頂けたでしょうか。私が捕虜虐殺について敗戦後の長い年月、沈黙を守ってきた理由は外でもありません。二二歳になった許りの春の経験であったが、あの虐殺を思い語ろうとすると、気持ちが昂《たかぶ》り身を持する事が叶わなくなるからでした。いい年をしてとお叱りを受ければそれ迄ですし、又歌集『小さな抵抗』出版後は「貴方は国家公務員として中央官僚の座を占めた為、そのポストが惜しくて職を賭《と》した証言ができなかったのではないか。貴方の証言は本当か」とさえ言われた事もありました。官僚の世界は確かに封建的です。前近代的一面を持っています。しかし大戦後は、この戦争について自らの思想的立場を表明したからと言って差別されたり職を失うということはありませんでした。憲法以下の法律は身分を保障してくれました。

自分の心と体の昂《たかぶ》る事の他にもう一つの理由がありました。それは捕虜虐殺の際、自らは神の御導きにより虐殺を拒みえたが、ただそれだけの事で、汝殺す勿れのみ教えを上官にも戦友兵士にも一言も説かなかったばかりか、女密偵の拷問、焼土作戦後の掃討行動における略奪強姦老幼を問わぬ殺人を目にし乍ら、口を緘《と》じ制止さえしなかった。出征に当って父が諭《さと》してくれた「行動のない信仰思想良心は先細りだぞ」を踏まなかったのです。にもかかわらず、自己宣伝ととられかねない証言などできませんでした。

一九七〇(昭和四五)年頃でした。さる大新聞が在支軍将兵の懺悔《ざんげ》録のような内容の本を出版したから読んでみないかと便りを下さった立派な方がありました。私は即座に「冗談じゃありません。人を殺し、火付をし強姦《ごうかん》を行ない、謂《い》わば無法の限りを尽くして、二五年経ったからもう時効だ、責任を問われる事はあるまいと言わん許りに、悪うございましたはないでしょう。そういう人の心の中には戦争に名をかりた無法も殺人もレイプも、潮《しお》に洗われて真珠の玉のような彩《いろど》りをもった記憶として残っており、罪悪の意識など片鱗《へんりん》もないのではないか。私には到底読めません」と断りました。その後何人かの方にこの私の想いを話した事がありました。ある高名な、非戦論の第一人者のように目《もく》されている方は、私の言葉に対して「貴方の考え方は、自分の価値観だけに固執して余りにも頑《かたく》なに過ぎる。戦地では英雄的な行動を期待する事は効果が薄い。やはり人間には懺悔する事も大切だ」と半ば諭されました。この方は大戦中「どうした事か私には召集令が来なかった」と言い又「大戦中は、沈黙する事によって良心を守り得た」と言われました。

私は懺悔と言う事は、人間対人間、人間対社会、人間対国際社会の関係においてなされるべきものではなく、人と神仏の間においてなされるべきものと考えています。戦地において英雄的行動を期待することは効果が薄いというが「上官の命令はそれ直ちに天皇の命令と心得よ」とする軍隊で、英雄的行動とされる行為は易々諾々《いいだくだく》と行なわれていたのに！

何故人間平等の価値観に勇気をもって立つことがなかったのか。

私は子供みたいだと嘲笑《ちょうしょう》されようと、神の存在を心に据えている事は、結果として人間を超えた行動を可能にしてくれると、今尚信じて疑いません。然し私の戦地における沈黙は大罪だったという想いが年々深まる許りです。年月は嵩《かさ》み戦争体験者も年々減ってゆく事態と思い合わせ、一の孫が未だ小学校の低学年の時「おじいちゃん戦争ッて怖い？」と問われた時、この孫にせめて歌集だけでも残したいと思い、私家版を上梓《じょうし》した事が機縁となり、NGO日本友和会の理事、一條仁氏から薦められて口を開き、今日迄何回かを語ってきました。然し決まった様に心痛みが体験当時に逆流し、悪夢に魘《うな》される事に変りがありません。

生きのびよ獣にならず生きて帰れこの酷きこと言い伝うべく

初心を守ることは苦しい。

思うに明治以降日本の体制は、似て非なる近代化の中で国公私立の教育機関をその人と共に権力の末端機関として位置付け、権力をもって国民に多様な選択肢を与えない方向を指向すると共に、許される選択肢は総て天皇制維持の一点に集中せざるを得ない様にしてきた。しかしそれでも底流として国民に不満が生じ天皇の名による戦争遂行に影響する事を恐れ一九三八(昭和一三)年四月国家総動員法(以下「国総法」)を施行した。この法律は旧憲法下においてさえ、法律に依らなければならぬ事項を、軍部の後押しで、官僚による一片の〝通達〟をもって処理する事を容認するものであった。そして国民の衣食住すべてに権力が容喙《ようかい》介入することになっていった。敗戦し、旧軍が解体しても解体も断絶もなく生きのびた官僚は、国総法以上に便利な「通達発遣」という既得権力を手放すことはなかった。現在国内では「規制緩和」の語で、国際問題としては「日本市場の閉鎖性」として語られる事態は、実はこの国総法による残滓《ざんし》なのです。殊に政治家達は通達発遣の便利さについて官僚以上に敏感に反応してきたことは、憲法五〇余年の歩み、その歪ませ方、軍拡の論理とその経過をみても理解して頂けましょう。

世界で五指に入ると言われる軍備、アジア・ナンバー・ワンの軍備を持つに到っても、専守防衛の武力は軍備ではないなどと平然と言わせる現状も、言ってみれば、大戦中の土台を支えた官僚が解体されず断絶もなく今日に到り、政財官もたれ合いの構図が、今日の姿だと言ってよいでしょう。日本の歩みはこのようにして今日を迎え二一世紀を眼間にする事になりました。この五〇年余は戦争による疲弊《ひへい》から立上り、生活上の諸問題を解決することに急な余り、心の問題を等閑《とうかん》に付し、宗教を捨て哲学する心を失ったと嘆く方が多い。

しかし私はこうした思潮の中に尚、一縷《いちる》の光りが消されずに残っていると信じて疑いません。二一世紀早々《そうそう》、遅くともその前半には必ず、宗教も哲学も必要不可欠のものとして説かれる時代《とき》が来ると思います。生活の豊かさを得る為に敗戦後五〇余年間に失い或いは意図的に捨て去ったものが、如何に大切なものだったかを、天啓のように知る世紀になると信じて疑いません。歴史的長さのタイムテーブルに据《す》えた時五〇年は決して長くありません。本当の豊かさを知る為だったとしたらましての事であります。

どうぞ、ここ青山学院大学という基督教主義教育を標榜する大学に学んだ事を幸いとして、二一世紀には、その実りを土台として栄養として一人一人が、日本と日本人の価値観を再点検し、改めて、未来への礎石《そせき》を据え直すべき大志の下に、人生を生きて下さい。思想も信仰も権力や時代《とき》の体制に認めて貰《もら》う必要は全くありません。それを希求《ききゅう》することは、思想信仰の堕落の始まりです。

長時間の御静聴を有難うございました。

追　記

私の講演後、いくつかの質問を頂きました。その中の一つ、関田様と学生の方から次のような質問をうけました。この御質問は戦争責任の根幹に触れる問いと思われましたので、御質問に整合性を得られる答えになっているかどうか少なからず危惧されますが、その問いと答えを記します。

青山学院大学　関田寛雄様の問い

「第二次世界大戦(太平洋戦争)における天皇の戦争責任について、どのようにお考えですか」

私からの答え

「敗戦後今日迄、天皇裕仁《ひろひと》(以下「天皇」)の戦争責任」について語ることは、最大のタブーであったと言ってよい。外にも日本人が避けてきたものに、左翼問題と日米安保条約問題などがあるが、これらは、天皇裕仁の戦争責任を凌《しの》ぐものではなかった。天皇の戦争責任については、今日迄議論する機会も天皇制を討議する機会もたくさんあった。しかし私達日本人は、一部マスコミや政治家等の言論に圧され、その機会を全く無為に流してきました。天皇の戦争責任について語る為には彼と戦争の関わりを、叶《かな》う限り細かく出来れば時系列を追って、正確に実体を把握する事が必要だと思います。この視点から一、二の例をあげると

㈠　一九三一年から三三年(昭和六〜八年)旧満州の侵略計画(天皇の「北進政策」という)を承認し(裁可、と言った)その実行を本庄繁(当時陸軍大将)に命じ、本庄がこれを成功させるや直ちに彼を、侍従武官長に抜擢《ばってき》栄転させた。

㈡　一九三五年(昭和一〇年)内蒙古征服計画を承認し、同年中国征服計画を、陸軍参謀本部に立案を命令し、一九三六年三月には、その計画を再閲している。そして明くる一九三七年七月、早くも北京を制圧、八月には上海侵略(上海事変という。事変というのは、宣戦布告のない開戦を指したものである)を開始した。しかも中国侵略の発端として捏造《ねつぞう》した盧溝橋《ろこうきょう》事件などの中国への挑発計画は詳細を極めたものであった。これに対して参謀本部の一部将官達は中国侵略よりも旧ソ連進攻を考えていたので天皇を北進に向けさせ

るべく、二・二六事件(一九三六年二月二六日)を利用して策動したが、天皇はこれを拒否し中国侵略を開始させている(この事が後年ノモンハン事件として日ソの局地戦を惹起《じゃっき》する事となった)事。

(三) 天皇三七歳の一九三七年(昭和一二年)八月十五日、当時予備役(退役)将軍となっていた中国通の松井石根《いわね》大将を華中派遣軍(当時は、中支派遣軍といった)指令官に任じ、その冷や飯食《めしぐ》いの状態から拾い上げる事で、逆に天皇の意を迎えさせるべく画策し、華中に派遣したが、天皇の意に沿う戦果が上げられないと見るや、自分の義叔父朝香宮をその上に、華中派遣軍総司令官として据えた。そして朝香宮は「すべての捕虜を殺せ」と命令する事になり、南京大虐殺が実行された事。

(四) 一九四一年(昭和一六年)日米戦争の緒戦となった真珠湾攻撃については、攻撃当日を遡《さかのぼ》る事一一カ月前の一九四一年一月、すでにその可否について極秘裡《ごくひり》に検討を命令しており、天皇の公式軍事顧問(達)とも言うべき人々にさえこの事実は同年六月迄、つまり真珠湾攻撃の六カ月前迄全く知らされなかった事。

などは、彼裕仁が、日本の絶対権者として積極に侵略戦争の計画立案を進め命令していたことを示すもので戦争責任がないなどとは言えるものではない。

旧憲法下における絶対権者であり、しかも軍備(武力)は、私権(私物)として統帥権の名の下にほしいままにしていたものであるからこそ、ポツダム宣言の受諾も決定できたものであり宣戦布告のない戦争という侵略も可能だったのである。

敗戦後いろいろな形で、天皇がいかにも平和愛好者であったかの如き言論が流布されているが、これはあく迄、捏造された虚像《きょぞう》であり、天皇と天皇制を中心とする利益集団が、天皇を含む集団の利を謀《はか》る為のものにすぎない。その事は、敗戦後発見、発表されている数多い資料等によって断定出来る所である。

この好戦者裕仁の傲慢《ごうまん》な姿を端的に示しているのは、裕仁自らの、戦争とその責任に関する発言です。一九七五(昭和五〇)年一〇月三一日、訪米(一九七五年九月三〇日〜一〇月一四日)後の日本記者クラブに於ける代表質問の折、大戦の戦争責任について問われるや、彼はこう答えたのです。

「そういう言葉のアヤについては、私はそういう文学方面はあまり研究していないのでよくわかりませんから、そういう問題についてはお答えできかねます」と言い、広島に原爆が投下された悲惨酸鼻《さんび》を極めた事実については「原子爆弾が投下されたことについては遺憾に思っていますが、こういう戦争中であることですから、どうも、広島市民に対しては気の毒であるが、やむをえないと私は思っています」と言い放ったのです。戦争責任が〝文学方面〟であり、〝言葉のアヤ〟だと言い切るのは、好戦家でなければ言えない言葉でしょう。

これら二、三、の例をみても、天皇は好戦家であり、戦争指導者であり、戦争責任を逃れる事はできないでしょう。私達は歴史的事実を風化させる事なく、天皇が死亡して年月を経ようとも、問うべき責任は、内なる自らには勿論、国民に対しても天皇に対しても厳しく問い続け、討論をしその実効性を勘案した対処の仕方を続けたいものです。

次にもう一つの質問は、学生(氏)からのもので、次のような問いでした。

学生の方からの問い

「貴方の中で、虐殺拒否と徴兵拒否はどう違うと認識されていたのか」

私からの答え

新約聖書のロマ書十三章は、此の世の権力に対してどう在るべきかを詳しく説いております。ご存知かも知れませんが要約致しますと次の通りです。即ち「世の権威に逆らうな。

権威は総て神に依ってたてられているものである。神によってたてられている権威は、神の御心に背く事はない。もし世の権威が神の御心に背く事があったら、予言者も人々も共に黙すべきではない。心を一つにして行動せよ」とあります。

小さい頃からこう諭されてきました。しかし乍ら、私の育った時代(一九一二年～一九四四年。大正一一年～昭和一九年)をみますと明治以来の、国家権力に依る〝富国強兵神国日本〟の教育公報とその時代思潮は、似て非なる近代化政策と共に、一途外国侵略を目指しておりました。この事を思えば、ロマ書の教え通り、生まれてもの心ついたなら直ちに、日本の体制権力の行動を批判する立場に積極に立つべきでした。

又私の亡き両親も子等に向って然るべく説くべきであった。そして成人しては、自らの徴兵拒否は勿論、例えば租税負担のうち、「軍事費特別会計」相当分の負担《ふたん》拒否など、あらゆる「神に背く権力の行動」と闘うべきでした。しかし乍らこの理想の灯を掲げて私共一家が生きるには、一家の各々の信仰と精神的風土は貧困に過ぎました。亡父の交友関係にあった方(父の没後遺品の整理中に交換書翰《しょかん》等を発見して知った)に「イシガオサム」(カタカナ書の曰《いわ》れは省略)という九州の方がおり、この方は日本に数少ない徴兵拒否をされた御一人でした。又同じく山崎精一という京都市の方は、兵役を忌避された方だと知りました。この事から考えますと、私が学徒兵として出征《いゆ》く当時、父は既に「徴兵拒否」等を知っていた事になります。一方、私は兵役拒否については全く念頭にありませんでした。自分を育ててくれた日本の精神的風土と時代思潮にスポイルされていたと言うべきか、又はその風土を積極に否定も肯定も出来ないでいる優柔不断に在ったと言うべきだったのでしょう。この点については、いかな批判も評価も甘受すべきだと思っております。

さてそこで、私の中で虐殺拒否という戦場における行動と兵役拒否という、戦場に征く前段階の行動と、どう相違すると認識されていたのかという問いに答えることは、謂《い》わば論外の事になります。がしかし、一考に値いする事と思いますので、一言触れさせて下さい。

私は戦場から生還し五〇年近い年月を経た時に故あって、有名な歴史学者でかつて大学教授だった方と虐殺拒否など戦場における色々な行動について議論した事がありました。その方は「戦場において英雄的行動は期待効果が薄い(中略)虐殺拒否をする前に何故徴兵拒否をしなかったのか」と多分に批難をこめたと思われる調子の質問をうけました(傍点五字筆者)。この方は虐殺拒否を英雄的だと仰《おっ》しゃり虐殺拒否よりも徴兵拒否の方がより一般的な若しくはよりよい行動だと指摘されました。しかし私は、虐殺拒否が英雄的行動であるなどとは全く思ってもみなかった。それは傲《おご》りである。それは兵役拒否を念頭に浮かべなかった事以上に、微塵《みじん》も心に浮かばなかったことでした。この一言をきいた時、世の人々は虐殺拒否を英雄的行動と認《み》るのかと、むしろ愕然《がくぜん》としました。当時反体制の立場に立つことによってうける迫害はこの平和の時代に在っては到底想像も出来ない恐怖ではあったが、その立場に立つ事が、英雄的などと誰が念頭におき、行動するでしょうか。

そして此の方は、歴史学者であるのに、今日迄の日本の歴史を刻んできたのは、一人一人の日本人であることが念頭にない事も解りました(かつて世に喧伝流布された「一億総懺悔論」ではありません)。兵役拒否をしようとそれをして罰金を受け又は収監されて懲役刑に服して戦時生産に協力しようと、海外逃亡をしようとも、日本人である限りその歴史(的)責任から逃れる事は出来ません。謂《い》うなれば「天皇の赤子《せきし》」と持ち上げられ、天皇の名において侵略し戦争し略奪し強姦し火付けし無差別殺人をした将兵とどれだけの違いがあろうか。外の目には五十歩百歩と映るでしょう。一体どちらをとるべきか。聖書の教えどおり、世の権力が神の御心に背いたとき、それを明確に認識し得た時から抵抗に立上るべきで、その立上る機会をどこにとるのかの個人差を責める事の出来るのは、神御一人であると思います。その差は、各個人の信仰の度合い、思想の成熟度等によるでしょう。人間相互の批判評価と神の裁きとは異なるものと、私は考えます。
御質問に答える欠格者ではあるが、この様に考えております。

（この文章は、青山学院大学で行なった講演に一部加筆訂正したものであります。）
［青山学院大学プロジェクト95編『青山学院と平和へのメッセージ―史的検証と未来展望』一九九八年より転載。］

解説　敵も殺してはならない

今野日出晴

一

渡部良三の『歌集　小さな抵抗』は、当初、私家版(そうぶん社出版、一九九二年)として編まれ、次に、一九九四年にシャローム図書から出版された。本書は、その第三刷(一九九九年)を底本として収めるほか、青山学院大学において開催された草の根平和講演会での、講演記録「克服できないでいる戦争体験」(青山学院大学プロジェクト95編『青山学院と平和へのメッセージ—史的検証と未来展望』私家版、発行者：雨宮剛、一九九八年)を付篇として収録している。なお、短歌のルビは、底本のままであり、カッコ付きルビは、読者の便宜をはかるために、解説者が付したものである。

著者の渡部良三は、父弥一郎、母まんの息子(一男三女)として、一九二二(大正一一)年二月に、山形県西置賜郡津川村叶水(現、西置賜郡小国町)に生まれた。そして、中央大学経済学部の三年生の時に、四三(昭和一八)年一〇月の明治神宮外苑競技場での「出陣学徒壮行会」に参加し、その後、徴兵検査をうけ、翌年春には、中国の「河北省深県東巍家橋鎮」(現在の河北省深州市魏家橋鎮か)の駐屯部隊に配属され、初年兵の訓練として、中国人捕虜を銃剣で突くという「刺突訓練」に直面したのである。『歌集　小さな抵抗』は、その「殺人演習」がおこなわれようとする、朝の緊迫した場面から始まっている。(1)

この歌集は、大別すると、その「捕虜虐殺」から「湖水作戦」までと、「動員はじまる」から「極東国際軍事裁判始まる」の二つの部分から成り立っている。前半部分は、付篇で、渡部自身が「戦地において」「忘れる事のできない」経験としているように、中国人捕虜の虐殺、それを拒否したために自らが受けた暴力とリンチ、そして、「女密偵の拷問」、燼滅掃討作戦という、苛烈な体験に焦点をあわせて詠われた短歌によって構成されている。後半部分は、動員前の詠作から敗戦後までのものがおおよそ時系列に沿って配され、学徒出陣、戦地での体験、敗戦、復員、そして、戦後の戦争責任といった題材で、渡部自身の歩んだ道筋が示される。出征直前の一九四四年一月八日に、良三は、父弥一郎と山形市の唐津屋旅館で数時間を過ごす。弥一郎は、良三に対して「一介の兵士として、(中略)人間として、神様の御心に叶う行動をする余地が必ずある筈だ。それを知る為にも、常に胸を開き神様に祈ることを忘れないでくれ」と諭したという。良三には、熾烈な戦場が待ち受けており、そして、弥一郎は、同年、無教会主義キリスト者として、治安維持法違反の嫌疑で逮捕されることになる。父子に訪れるであろう苛酷な運命を知るがゆえに、「最後の別れ」を過ごす、二人の静謐な対話と祈りは、読む者の胸に迫るものがある。父子の情愛は、この歌集のもう一つの大事な主題となっている。また、後半部分は、渡部が、なぜ捕虜の虐殺を拒否できたのかということを理解するうえでも重要なものになっている。

渡部が「はじめに」で記しているように、この歌集の短歌(総数九二四首)は、詠われた時期によって、動員中のもの(約七〇〇首)と、動員前後のものとに分けられる。動員中に詠まれた短歌は、「ありあわせの紙」(渡部は、大塚久雄の講義を受けた古兵から譲り受けた無地の手帳と記憶している)に記されていったが、それは、新兵がわずかに自由な時間を確保できる「厠」のなかでおこなわれた(42頁)。刺突訓練、凄惨なリンチ、そして、燼滅作戦などなど、否応なしに迫り来る苛酷な出来事は、渡部の気持ちを昂ぶらせ、滅入らせ、そして、傷つけた。あまりにも苛烈な体験は語る言葉を失わせる。渡部は、体験そのものを対象化し、凝縮された言葉をつむぎだすことによって、ある種の失語状態から生還した。「厠」という窮屈な場所で歌を綴ることが、渡部を生き延びさせたのであり、何よりも、歌を詠むことこそが、「耐えて生きる拠りどころ」になったのである。そのようにして刻まれた歌には、体験の深さと真実性が宿っている。また、短歌を、日本に持ち込むことは容易なことではなかった。兵士の復員に際しては、管理国によって、日本国内に持参する手荷物の検査がおこなわれ、所属部隊の遍歴や軍隊生活を記したメモや備忘録は没収されることが多かった。渡部は、軍衣袴の裏のキルティング部分をカミソリで切り、そこに「手帳をばらばらにして」少しずつ入れ込んで持ち帰ったのである。

戦後、国家公務員として職を得た渡部は、勤務のかたわら、歌集を編もうと試みるが、やはり、「捕虜虐殺のことに及ぶと気持が昂り、どうしても筆が進まなかった」。その後、弥一郎のもとへ、短歌を送って意見をきくこととなるが、それは、敗戦からおよそ一〇年ほど経ってからのことであった。弥一郎は、戦前から作歌をおこない、戦後は、アララギ派の結城哀草果に誘われ、『山塊』の会員として指導を受けたほどであり、良三の作歌上の師ともいえる存在であった(2)。そうした父とのやりとりによって、いくつかの歌は、採用されなかったという。例えば、「赤ん坊を抱いた母親に、兵隊が銃剣をつきつけ」、「あ、撃たれるなと思って、目をそらした瞬間、銃声が聞こえ、赤ん坊の声も母親の声も聞こえなくなった」、この場面を詠ったものもあったが、弥一郎は、「短歌というものは一つの品格が必要だ。現実を直視し主情をうたうというのは確かに筋だ。しかし、こんな残酷なものを世間の人に読んでもらうことができるのか」として採用することに反対したという。こうしたやりとりが、しばらく続き、採否を議論する過程で、良三は、どんなに苦労して歌を残したかを理解して欲しいと考え、戦地から持ち帰った「紙片」を弥一郎に送る。しかし、なかなか折り合いがつかなかった。そのこともあって、本格的に、歌集を編みだしたのは、一九八〇年代の終わり、退職してのちのことで、それは弥一郎の死後となっていた。軍事郵便に認めてあった短歌なども追加しながら、推敲し、編んでいったのである。その過程で、生前の父が反対した短歌も、一〇首以上は追加したという。例えば、古兵が、深手を負った老婆を撃って井戸に投げ込む歌(113頁)などがそれにあたる。その意味では、この歌集は、父と子とのギリギリのせめぎあいのなかから生まれたものでもあった。

二

前半部分では、中国人捕虜に対する刺突訓練と、それを拒否したために渡部に加えられた凄惨なリンチが重要な主題になっている。軍隊は、「郷土部隊」として編成されたように、地域と強固に結びつきながらも、一方では、地域社会と隔絶した社会がつくりあげられていた。初年兵(「新兵」)として入営すると、軍隊語を覚えること(ズボンのことを「袴」といい、上着のことを「上衣」、便所は「厠」など)に苦労するが、それは、日常の衣食住に関わるほとんどすべての領域に及んでいた。また、平服から軍服に切り替わることで、兵士としての意識が醸成されていった。被服や巻脚絆(ゲートル)のつけ方に少しの違いも許されなかったように、徹底して教えられてはじめて身に付くものであった。言葉や服装だけでなく、敬礼や挨拶などの姿勢や立ち振る舞い、ことあるごとに「娑婆」とは異なる社会であることが意識させられ、「娑婆っ気を抜く」ことが強調された。これらは、「地方社会」や「娑婆」と呼ばれる〈場〉から離脱し、軍隊という〈場〉に定着させるための一つの方法であった。

初年兵への教育は、例えば、歩兵部隊では、「術科」(実技科目)では体操、銃剣術、野外演習などの訓練がおこなわれ、「学科」では、軍人勅諭、軍隊内務書、陸軍刑法などが教授された。また、兵営内では、古年兵(一年以上勤務した兵、「古兵」)による初年兵に対しての私的制裁が日常化していた。軍隊は、暴力の蔓延する〈場〉でもあった。

刺突訓練は、通常、初年兵の検閲(新兵の教育成果を所轄部隊長がみることで、戦地での検閲は射撃と銃剣術が主な科目であった)として実施されることが多かった。それは、

「一人前」の兵士になるために必要なことと考えられていた。例えば、陸軍第五九師団長の藤田茂は、「兵を戦場に慣れしむる為には殺人が早い方法である。即ち度胸試しである。之には俘虜を使用すればよい」、「なるべく早く此機会を作って初年兵を戦場に慣れしめ強くしなければならない」という方針で、刺突訓練を命じていた。(3)人を殺してはならないという倫理規範から、敵は殺さなければならないという倫理規範に転換させるものとして、刺突訓練は、重要な意味をもっていた。刺突訓練を経ることによって、殺人の恐怖を克服し、戦闘集団の一員として、「一人前」の兵士として、戦場に立つことが求められた。だから、刺突訓練が終わると、初年兵たちは、古年兵から「お前たちもやっと一人前になれたなあ」と祝福されたのである。

例えば、土屋芳雄(関東憲兵隊チチハル憲兵分隊憲兵)らの手記などを読むと、次のような条件のなかで、捕虜を刺突していることがわかる。①上官の命令(上官の命令は絶対であり、それは、天皇の命令と同じで、それに反することは、「敵前抗命罪」で処罰される)、②集団内部の心理的圧力(みんながみているなかで、殺すのが怖いという臆病者に思われたくない)、③所属集団のなかでの上昇意識(軍隊のなかで少しでも良いところをみせて出世したい)、④中国人への蔑視・敵愾心(どうせ、相手は中国人、チャンコロではないか、自分は、優秀な大和民族である）などである。別の言葉でいえば、普通の人々が、兵になって、中国人の捕虜を刺し殺す条件の方が揃っていた。(4)

この刺突訓練を、渡部良三は、拒否したのである。上官の命令にせよ、所属集団のなかでの上昇意識にせよ、集団内部の心理的圧力にせよ、他民族への蔑視にせよ、それらは、いずれも、当時の軍隊、あるいは、日本という国家のなかで圧倒的な力を発揮した価値観に貫かれていた。それは、「天皇《すめらぎ》のよみする道」（4頁）「天皇の垂れしみち」（21頁）「現人神《あらひとがみ》たまいし兵の道」（46頁）として、詠われているものと同義であろう。問題は、なぜ、渡部が、その「道」を相対化することが可能だったのかということであろう。渡部が繰り返し語るのは、父弥一郎のことである。自らが「思想脆弱、信仰貧困」であるという状況がよくよくわかったのは、虐殺拒否のときであったという。「朝食の時に、捕虜刺突を告げられてから拒否するまで七時間、殺人なんて拒否するのがあたりまえというキリスト教徒の至上命令を子どもの頃から躾けられ、わかっていても、堂々巡りであった。その時に、痛切に思ったのは、親父がいてくれたらということであった。二十二歳にもなった男が、父親を求めていた。父であり、牧師であり、教師であり、友人でもあった。情けない姿を露呈してしまった。意気地なしであった」。ここで希求されていたのは、価値規範としての

〈父親〉の存在であった。〈父親〉が体現している規範と日本(及び軍隊)という共同体の規範との葛藤が激しく心を責めたてるゆえに、「情けないくらいに」〈父親〉を求めていた。〈父親〉が体現している規範とは、内村鑑三以来の無教会主義のゆるぎない信仰に基づいたものであった。

三

一九二四(大正一三)年、内村鑑三は、アメリカの宣教師が入ったことのない山村に純粋のキリスト教を伝えることをめざし、若き弟子たちに、山形県小国地方と岩手県の山村(九戸郡山形村)への伝道を呼びかける。(5) それに応えて、小国地方への訪問伝道を毎年のようにおこなったのが、東京帝国大学学生の政池仁であった。そして、その後、二八(昭和三)年に、政池に連れられて小国地方に初めて足を踏み入れた鈴木弼美《すけよし》は熱心に小国伝道を進めていくことになる。三二(昭和七)年には、山形県西置賜郡津川村叶水への一家をあげての移住を決意し、東京帝国大学理学部物理学教室助手を辞職し、三四(昭和九)年、自宅に「基督教独立学校」を開校するのである。同じ頃、静岡高等学校化学科教授となっていた政池は、三一(昭和六)年教壇から満州事変を批判し、翌年の小国伝道においても平和を主張した。そのため、政池は、静岡高等学校を辞することを余儀なくされ、杉並区に住居を構えて独立伝道を始め、絶対的非戦論を唱えていく。こうした小国伝道の際の宿泊所として自宅を提供し、鈴木が移住する際には、住居の世話をするなど、最も親身にこの活動を支えたのが、弥一郎であった。

それゆえに、渡部家には、村の共同体的な因習とは異なった生活世界があった。例えば、「紀元節」などの学校行事があっても、家庭では食事時に、学校の論理とは異なる意味(「現人神」として神格化していることへの批判)を弥一郎が説いたという。あるいは、当時、他の家では作男と一緒に食事するなどいうことはなかったのに、渡部家では一緒に食事をしていた。ある時、叔母が、幼い良三をさして、「この子は、おもしろい子だよ。男と女の差別をしない子だ」と言ったのをよく覚えているという。ある種の平等意識に基づいた規範というものが息づいていた。あるいは、「川上に、朝鮮人の申相均という人間がいた。この人間は、行商をしていたが、正直で、誠実であった。父は、みんなは朝鮮人とバカにするけれど、あの人間は立派な人間だといつも言っていた。ある時、申相均が父のもとにやってきて、父の末の妹の嫁いだ家の娘を好きになったので一緒にさせてくれと、頼みにきた。それをうけて、父は、猛反対する相手の一族を説き伏せて、結婚させた。当時、朝鮮人のところに嫁にやるなんてのは考えられなかった。」小さな僻地の村で、その共同体の規範を超えた、ある種の〈普遍〉につながる窓を良三は感じていた。

政池は、一九三六(昭和一一)年に、『基督教平和論』を刊行する。そこでは、反戦論と非戦論の相違が述べられ、反戦論は「戦争に反対し、国家が戦争行為に出ずる時には之を邪魔」するものであるが、非戦論は、「どこ迄も国法を重んじ、たとえ己が主張に反する事であっても、国家の命令には服従する」としている。そして、自らは、非戦論者であるとして、「もし国家が」「出征を命ずるような事があれば」「率先して従軍し、他の何人よりも忠実に上官の命令を遵奉せん」(6)としたのであった。国家の命令に服従して従軍するという側面だけをみれば、消極的な主張のようにみえるが、非戦論を維持することが困難な状況において、「汝殺す勿れ」という聖書の教えを根底に据《す》えて、「戦争は人を殺す事を許すがゆえに、道徳的に悪いとはっきりと示したことは意味のあることであった。それゆえに、この書は「終始反軍反戦思想を縷述《るじゅつ》せるもの」で「日本を以て侵略国なり」と主張したとして発禁処分になった(7)のである。

同様に、鈴木も、「兵役については徴兵令には日本人として従う義務があるから従う」が、しかし、「人は殺さない」という「神の与えた法律の方」が「なお一層高い」のだから、「殺す勿れ」というのは守るという姿勢であった。(8) したがって、鈴木自身も、陸軍の技術将校として兵役に服した。しかし、召集解除によって、津川村に戻ると、その「反戦厭戦的言動」は、「要注意言動」として監視の対象となる。一九四四、四五年の『特高月報』にはそうした報告がいくつも掲載されている。過大な「戦果の報道」への疑問や学徒出陣への批判、そして、「戦争は人類最大の罪悪」と位置づけ、戦地における日本軍の風紀の乱れ(「強姦、掠奪等」の多発)を指摘し、「最初より日本が悪い侵略行為」であるとするものであった。(9) 一九四四(昭和一九)年六月、ついに、鈴木は「無教会主義に依る基督教の「教理内容極めて不逞不穏にして治安維持法違反の嫌疑」と、「反戦其の他反時局的言辞」が明らかであるために、「徒弟渡部弥一郎」とともに逮捕されるのである。(10) 弥一郎は、長谷川周治とのあいだで交わされた、戦争についての批難や批判を記した手紙が、「通信検閲にひっかかって東京青山憲兵隊」に押収されたことが、監視される契機になったとしている。(11) 長谷川も無教会主義のキリスト者で、「日支事変以来」の「拡大侵略の度を進め日米開戦にも及ばん」とする形勢で、「戦争を阻止せんとする一念やみがたく」、自宅を「平和舎」と命名し、「戦争意識のブレーキたらんことを期し」いくつかの書籍を刊行する。『基督教平和論』を出版したために、「人々から白い眼で見られて生活」が行きづまり、妻とともに餓死を覚悟していた政池に援助の手をさしのべ、費用を負担して『基督教平和論』の再版を出したのも長谷川であった(12)。

　また、弥一郎は、取り調べのなかで、「現に行われてる戦争は、聖戦か、否か」を問われ、書状で提出せよと言われる。そこで、弥一郎は、次のように書き記す。「個人間の激情により或いは誤って人を傷つけ或いは死に至らしめた場合、これは国法によって殺傷重罪として審きを免れ得ない大罪とされている。まして国と国とが認め合って戦争をして、多数の人々を死なしめる。前者でさえ最大の罪といわれながら、相互に認め合って数えきれぬ人命を殺戮する。罪悪やこれより大なる罪はない(13)」。ここには、政池や鈴木と同じように、「汝殺す勿れ」という戒めを軸に、戦争は多数の人々を殺戮するから、罪悪なのだというきわめて明快な主張が看て取れる。

　しかし、良三自身は、確固たる反戦思想などはなかったという。だから、捕虜刺突の際に、どうすべきか迷い、ためらいのなか、堂々巡りの思慮を繰り返していた。「今に到るも、なぜ、自分の志を通すことができたのか、私自身さえ解らないところがある」という。弥一郎が、「いかなる困難に遭遇しても、神の存在を疑うな。神は必ずお前の避け処を用意してくれる」と繰り返していたことが、心の中で生きていたのかもしれないと振り返る。

そして、捕虜刺突の時に、「汝、キリストを看よ。すべてキリストに依《よ》らざるは罪なり。虐殺を拒め、生命を賭けよ!」という声を聞くのである。

人を殺してはならないという倫理規範から、敵は殺さなければならないという倫理規範に転換させるものが軍隊であり、戦争であるとすれば、ここで示されているのは、敵も殺してはならないという倫理規範を、現実に実践したということであった。その意味では、政池仁、鈴木弼美、長谷川周治、そして、渡部弥一郎が、内村鑑三以来の無教会主義の絶対的非戦論を思想として継承し育んできたとすれば、それを、良三が体現したのである。それゆえに、良三が、復員してすぐに、政池仁に、「帰国の挨拶とともに」この経験を報告すると、政池は、「君が君の命を犠牲にする覚悟で殺す事をしなかった」ことを「偉大なる『ノー』」として高く評価し、渡部の行為を「クリスチャンとしての最大の名誉」と書き記したのであった(14)。

かつて、良三への手紙で、家永三郎は、その行為を「戦地という極限情況下で、英雄的行為に期待することは、効果が薄い。それにこだわることは頑なにすぎる」と批判的に評したという。しかし、これまでみてきたように、良三は、英雄的な行為と認識してはいなかった。むしろ、逡巡と葛藤のなかでの「決断」、一個の人間のギリギリの「決断」、まさに、やむにやまれずおこなった行為であった。渡部にとって、「小さな抵抗」と認識されているが、それは「キリスト者の希有な抗いの記録」であり、私たちにとっては、一つの希望なのである。

（1）渡部良三の抵抗を紹介したものに、藤尾正人『桝本うめ子・一世紀はドラマ』（燦葉出版社、一九九八年、一四二～一四六頁）、読売新聞20世紀取材班編『20世紀　太平洋戦争』（中公文庫、二〇〇一年、六三～七二頁）、大濱徹也『日本人と戦争―歴史としての戦争体験―』（刀水書房、二〇〇二年、一一五～一一六頁）、宮田光雄『権威と服従　近代日本におけるローマ書十三章』（新教出版社、二〇〇三年、二四八～二四九頁）などがある。なお、私も、「捕虜を殺さない兵士」として論及したことがあり（拙著『歴史学と歴史教育の構図』東京大学出版会、二〇〇八年、二〇二～二一六頁）、本稿と一部重複する部分がある。なお、本稿のために、あらためて聞き取りもおこなった（二〇一一年八月二四日）。

（2）渡部弥一郎『吾が回想の記―戦時下の受難―』（私家版、発行者：富樫徹、一九七八年、一一五～一一七頁）。なお、良三の手によって、弥一郎の短歌が収録された『花筏　渡部弥一郎遺稿集』（私家版、発行者：渡部良三、一九九一年）が編まれた。

（3）新井利男・藤原彰編『侵略の証言』（岩波書店、一九九九年、三二頁）。

（4）朝日新聞山形支局『聞き書き　ある憲兵の記録』（朝日文庫、一九九一年、五六～五九頁）。

なお、この点については「捕虜を殺す兵士」として考察を加えた(前掲拙著、一九五～二〇二頁)。

(5) 政池仁『内村鑑三伝【再増補改訂新版】』(教文館、一九七七年、六〇七～六〇八頁)。

(6) 政池仁『基督教平和論』(向山堂書房、一九三六年、現在は、家永三郎責任編集『日本平和論大系』第一三巻、日本図書センター、一九九四年、所収、二〇六頁)。なお、菊川美代子「政池仁の非戦論」(現代キリスト教思想研究会『アジア・キリスト教・多元性』第九号、二〇一一年三月)も参照のこと。

(7) 同志社大学人文科学研究所キリスト教社会問題研究会編『特高資料による戦時下のキリスト教運動1』(新教出版社、一九七二年、一二〇頁)。

(8) 鈴木弼美『真理と信仰』(キリスト教図書出版社、一九七九年、五四三～五四四頁)。戦後に「良心的兵役拒否」について尋ねられ、この当時のことを振り返って答えたもの。かつて、日露戦争時に、岩手県花巻の齋藤宗次郎が、兵役を拒否したことに対して、内村鑑三が「信仰の英雄」になるなと戒めたことを念頭においている(齋藤宗次郎『花巻非戦論事件における内村鑑三先生の教訓』一九五七年、クリスチャン・ホーム社)。

(9) 同志社大学人文科学研究所キリスト教社会問題研究会編『特高資料による戦時下のキリスト教運動3』(新教出版社、一九七三年、一七、三二～三三、三六、三九～四〇頁)。

(10) 前掲、『特高資料による戦時下のキリスト教運動3』、二四四頁。なお、鈴木弼美「獄中証言」(『聖書の日本』第一二九号、一九四六年一一月、前掲『真理と信仰』所収)も参照のこと。翌年、二月釈放され、「犯罪事実不明確のため起訴猶予処分」となる。鈴木を取り調べた岡原昌男検事(のちの第八代最高裁判所長官)は、無教会主義キリスト者の浅見仙作が札幌で検挙され、同じ教義であることから、それが、山形に波及したものとしている。そして、鈴木と「種々教義問答を重ねた末、不起訴意見」を出し、「当時の大審院検事局や司法省刑事局まで行って係官の説得につとめ、やっと不起訴の許可を得」たという。鈴木が、「まじめな学究であり、世の栄華を捨てて大衆を救わんとした同君の信念に感化され、私も入信しようかと真剣に考えたくらいだった」(岡原昌男「交遊抄　魂の交わり」『日本経済新聞』一九七〇年一二月二四日)と回顧している。

(11)　渡部弥一郎、前掲書『吾が回想の記―戦時下の受難―』、二六、三三〜三四頁。長谷川は、弥一郎が収監された山形警察署を訪ねている。

(12)　同志社大学人文科学研究所キリスト教社会問題研究会編『特高資料による戦時下のキリスト教運動2』(新教出版社、一九七二年、三二一〜三二三頁)。阿部知二『良心的兵役拒否の思想』岩波新書、一九六九年、一五〇頁)。長谷川には、『偽らざるの手記―或るクリスチャンの一生―』(私家版、発行者：武藤陽一、一九五七年)と題する遺稿集がある。この頃のことは、「私の全力全身を傾注した時代」として、出版活動を振り返り、「別に記して後日の物語にしたい」(二一九頁)としていたが、病気のために、それは果たされなかった。良三が、復員して故郷へ戻る途中に宿泊したのが、長谷川の自宅であったことも興味深い。

(13)　渡部弥一郎、前掲書、四三〜四四頁。

(14)　政池仁「偉大なる『ノー』」(『聖書の日本』第一二七号、一九四六年一〇月号、一一〜一三頁)。

(岩手大学教授・歴史教育)

本書は一九九四年、シャローム図書より刊行された。
底本には第三刷（一九九九年）を用いた。

歌集 小さな抵抗──殺戮を拒んだ日本兵

2011年11月16日 第1刷発行
2018年7月5日 第5刷発行

著 者 渡部《わたべ》良三《りょうぞう》

発行者 岡本 厚

発行所 株式会社 岩波書店
〒101-8002 東京都千代田区一ツ橋2-5-5

案内 03-5210-4000 営業部 03-5210-4111
現代文庫編集部 03-5210-4136
http://www.iwanami.co.jp/

印刷・精興社 製本・中永製本

ISBN 978-4-00-603234-0 Printed in Japan

岩波現代文庫の発足に際して

新しい世紀が目前に迫っている。しかし二〇世紀は、戦争、貧困、差別と抑圧、民族間の憎悪等に対して本質的な解決策を見いだすことができなかったばかりか、文明の名による自然破壊は人類の存続を脅かすまでに拡大した。一方、第二次大戦後より半世紀余の間、ひたすら追い求めてきた物質的豊かさが必ずしも真の幸福に直結せず、むしろ社会のありかたを歪め、人間精神の荒廃をもたらすという逆説を、われわれは人類史上はじめて痛切に体験した。

それゆえ先人たちが第二次世界大戦後の諸問題といかに取り組み、思考し、解決を模索したかの軌跡を読みとくことは、今日の緊急の課題であるにとどまらず、将来にわたって必須の知的営為となるはずである。幸いわれわれの前には、この時代の様ざまな葛藤から生まれた、人文、社会、自然諸科学をはじめ、文学作品、ヒューマン・ドキュメントにいたる広範な分野のすぐれた成果の蓄積が存在する。

岩波現代文庫は、これらの学問的、文芸的な達成を、日本人の思索に切実な影響を与えた諸外国の著作とともに、厳選して収録し、次代に手渡していこうという目的をもって発刊される。いまや、次々に生起する大小の悲喜劇に対してわれわれは傍観者であることは許されない。一人ひとりが生活と思想を再構築すべき時である。

岩波現代文庫は、戦後日本人の知的自叙伝ともいうべき書物群であり、現状に甘んずることなく困難な事態に正対して、持続的に思考し、未来を拓こうとする同時代人の糧となるであろう。

（二〇〇〇年一月）

S250
中華万華鏡
辻　康吾

庶民の日常生活から国際紛争への対処まで様々な事象の背景をなす中華世界の容易に変わらない深層を探り、中国理解のための鍵を提供する。岩波現代文庫オリジナル版。

S251
ことばを鍛えるイギリスの学校
—国語教育で何ができるか—
山本麻子

幼い頃から自分の力で考え、論理を築き、説得的に表現できるよう日々鍛えられる英国の子どもたち。密度の濃い国語教育の実態を具体的に紹介する最新改訂版。

S252
孤独死
—被災地で考える人間の復興—
額田　勲

大震災をようやく生きのびた人びとが、仮設住宅で、誰にもみとられずに亡くなっていくのは何故か。日本社会の弱者切り捨ての実態に迫る渾身のレポート。〈解説〉上　昌広

S253
日本の空をみつめて
—気象予報と人生—
倉嶋　厚

気象と文化をめぐるエッセイ。身近な「天気」と人生との関わりを俳句や故事成語を交えて語る思索の旅。気象予報の現場で長年活躍してきた著者の到達点。

S254
〈子どもとファンタジー〉
コレクションI
子どもの本を読む
河合隼雄
河合俊雄編

「読まないと損だよ」。心理療法家が、大人にも子どもにもできるだけ多くの人に読んでもらいたい児童文学の傑作を紹介する。〈解説〉石井睦美

岩波現代文庫［社会］

S255
〈子どもとファンタジー〉コレクションII
ファンタジーを読む
河合隼雄
河合俊雄編

ファンタジー文学は空想への逃避ではなく、時に現実への挑戦ですらある。心理療法家が、ル＝グウィンら八人のすぐれた作品を読む。〈解説〉河合俊雄

S256
〈子どもとファンタジー〉コレクションIII
物語とふしぎ
河合隼雄
河合俊雄編

人は深い体験を他の人に伝えるために物語をつくった。児童文学の名作を紹介しつつ、子どもと物語を結ぶ「ふしぎ」について考える。〈解説〉小澤征良

S257
〈子どもとファンタジー〉コレクションIV
子どもと悪
河合隼雄
河合俊雄編

創造的な子どもを悪とすることがある。理屈ぬきに許されない悪もある。悪という永遠のテーマを、子どもの問題として深く問い直す。〈解説〉岩宮恵子

S258
〈子どもとファンタジー〉コレクションV
大人になることのむずかしさ
河合隼雄
河合俊雄編

カウンセラーとしての豊かな体験をもとに、現代の青年が直面している諸問題を掘り下げ、大人がつきつけられている課題を探る。〈解説〉土井隆義

S259
〈子どもとファンタジー〉コレクションVI
青春の夢と遊び
河合隼雄
河合俊雄編

文学作品を素材に、青春の現実、夢、遊び、性、挫折、死、青春との別離などを論じ、人間としての成長、生きる意味について考える。〈解説〉河合俊雄

S260
世阿弥の言葉
―心の糧、創造の糧―
土屋恵一郎

世阿弥の花伝書は人気を競う能の戦略書である。能役者が年齢とともに試練を乗り超えるためのその言葉は、現代人の心に響く。

S261
戦争とたたかう
―憲法学者・久田栄正のルソン戦体験―
水島朝穂

軍隊での人間性否定に抵抗し、凄惨な戦場でも戦争に抗い続けられたのはなぜか。稀有な従軍体験を経て、平和憲法に辿りつく感動の軌跡。いま戦場を再現・再考する。

S262
過労死は何を告発しているか
―現代日本の企業と労働―
森岡孝二

なぜ日本人は死ぬまで働くのか。株式会社論、労働時間論の視角から、働きすぎのメカニズムを検証し、過労死を減らす方策を展望する。

S263
ゾルゲ事件とは何か
チャルマーズ・ジョンソン
篠崎務訳

尾崎秀実とリヒアルト・ゾルゲはいかに出会い、なぜ死刑となったか。本書は二人の人間像を解明し、事件の全体像に迫った名著増補版の初訳。〈解説〉加藤哲郎

S264
あたらしい憲法のはなし 他二篇
―付 英文対訳日本国憲法―
高見勝利編

日本国憲法が公布、施行された年に作られた「あたらしい憲法のはなし」「新しい憲法 明るい生活」「新憲法の解説」の三篇を収録。

岩波現代文庫[社会]

S265
日本の農山村をどう再生するか
保母武彦

過疎地域が蘇えるために有効なプログラムが求められている。本書は北海道下川町、島根県海士町など全国の先進的な最新事例を紹介し、具体的な知恵を伝授する。

S266
古武術に学ぶ身体操法
甲野善紀

桑田投手が復活した要因とは何か。「ためない、ひねらない、うねらない」、著者が提唱する身体操法は、誰もが驚く効果を発揮して各界の注目を集める。〈解説〉森田真生

S267
都立朝鮮人学校の日本人教師
―一九五〇―一九五五―
梶井陟

朝鮮人の子どもたちにも日本人の子どもたちと同じように学ぶ権利がある！ 冷戦下、廃校への圧力に抗して闘った貴重な記録。〈解説〉田中宏

S268
医学するこころ
―オスラー博士の生涯―
日野原重明

近代アメリカ医学の開拓者であり、患者の心を大切にした医師、ウィリアム・オスラー。その医の精神と人生観を範とした若き医学徒だった筆者の手になる伝記が復活。

S269
喪の途上にて
―大事故遺族の悲哀の研究―
野田正彰

かけがえのない人の突然の死を、遺された人はどう受け容れるのか。日航ジャンボ機墜落事故などの遺族の喪の過程をたどり、悲しみの意味を問う。

2018.6

S270
時代を読む
―「民族」「人権」再考―
加藤周一
樋口陽一

「解釈改憲」の動きと日本の人権と民主主義の状況について、二人の碩学が西欧、アジアをふまえた複眼思考で語り合う白熱の対論。

S271
「日本国憲法」を読み直す
井上ひさし
樋口陽一

日本国憲法は押し付けられたもので時代にそぐわないから改正すべきか？　同年生まれで敗戦の少国民体験を共有する作家と憲法学者が熱く語り合う。

S272
関東大震災と中国人
―王希天事件を追跡する―
田原洋

関東大震災の時、虐殺された日本在住中国人のリーダーで、周恩来の親友だった王希天の死の真相に迫る。政府ぐるみの隠蔽工作を明らかにするドキュメンタリー。改訂版。

S273
NHKと政治権力
―番組改変事件当事者の証言―
永田浩三

NHK最高幹部への政治的圧力で慰安婦問題を扱った番組はどう改変されたか。プロデューサーによる渾身の証言はNHKの現在をも問う。各種資料を収録した決定版。

S274-275
丸山眞男座談セレクション(上・下)
丸山眞男
平石直昭編

人と語り合うことをこよなく愛した丸山眞男氏。知性と感性の響き合うこれら闊達な座談の中から十七篇を精選。類いまれな同時代史が立ち上がる。

S276
ひとり起つ
―私の会った反骨の人―
鎌田　慧

組織や権力にこびずに自らの道を疾走し続けた著名人二二人の挑戦。灰谷健次郎、家永三郎、戸村一作、高木仁三郎、斎藤茂男他、今も傑出した存在感を放つ人々との対話。

S277
民意のつくられかた
斎藤貴男

原発への支持や、道路建設、五輪招致など、国策・政策の遂行にむけ、いかに世論が誘導・操作されるかを浮彫りにした衝撃のルポ。

S278
インドネシア・スンダ世界に暮らす
村井吉敬

激変していく直前の西ジャワ地方に生きる市井の人々の息遣いが濃厚に伝わる希有な現地調査と観察記録。一九七八年の初々しい著者デビュー作。〈解説〉後藤乾一

S279
老いの空白
鷲田清一

〈老い〉はほんとうに「問題」なのか？　身近な問題を哲学的に論じてきた第一線の哲学者が、超高齢化という現代社会の難問に挑む。

S280
チェンジング・ブルー
―気候変動の謎に迫る―
大河内直彦

地球の気候はこれからどう変わるのか。謎の解明にいどむ科学者たちのドラマをスリリングに描く。講談社科学出版賞受賞作。
〈解説〉成毛　眞

2018.6

S281
ゆびさきの宇宙
福島智・盲ろうを生きて
生井久美子

盲ろう者として幾多のバリアを突破してきた東大教授・福島智の生き方に魅せられたジャーナリストが密着、その軌跡と思想を語る。

S282
釜ヶ崎と福音
—神は貧しく小さくされた者と共に—
本田哲郎

神の選びは社会的に貧しく小さくされた者の中にこそある！　釜ヶ崎の労働者たちと共に二十年を過ごした神父の、実体験に基づく独自の聖書解釈。

S283
考古学で現代を見る
田中琢

新発掘で本当は何が「わかった」といえるか？　考古学とナショナリズムとの危うい関係とは？　発掘の楽しさと現代とのかかわりを語るエッセイ集。〈解説〉広瀬和雄

S284
家事の政治学
柏木博

急速に規格化・商品化が進む近代社会の軌跡と重なる「家事労働からの解放」の夢。家庭という空間と国家、性差、貧富などとの関わりを浮き彫りにする社会論。

S285
河合隼雄の読書人生
—深層意識への道—
河合隼雄

臨床心理学のパイオニアの人生に影響をおよぼした本とは？　読書を通して著者が自らの人生を振り返る、自伝でもある読書ガイド。〈解説〉河合俊雄

S286
平和は「退屈」ですか
―元ひめゆり学徒と若者たちの五〇〇日―
下嶋哲朗

沖縄戦の体験を、高校生と大学生が語り継ぐプロジェクトの試行錯誤の日々を描く。社会人となった若者たちに改めて取材した新稿を付す。

S287
野口体操入門
―からだからのメッセージ―
羽鳥操

「人間のからだの主体は脳でなく、体液である」という身体哲学をもとに生まれた野口体操。その理論と実践方法を多数の写真で解説。

S288
日本海軍はなぜ過ったか
―海軍反省会四〇〇時間の証言より―
澤地久枝
半藤一利
戸高一成

勝算もなく、戦争へ突き進んでいったのはなぜか。「勢いに流されて――」。いま明かされる海軍トップエリートたちの生の声。肉声の証言がもたらした衝撃をめぐる白熱の議論。

S289-290
アジア・太平洋戦争史（上・下）
―同時代人はどう見ていたか―
山中恒

いったい何が自分を軍国少年に育て上げたのか。三〇年来の疑問を抱いて、戦時下の出版物を渉猟し書き下ろした、あの戦争の通史。

S291
戦下のレシピ
―太平洋戦争下の食を知る―
斎藤美奈子

十五年戦争下の婦人雑誌に掲載された料理記事を通して、銃後の暮らしや戦争について知るための「読めて使える」ガイドブック。文庫版では占領期の食糧事情について付記した。

S292
食べかた上手だった日本人
―よみがえる昭和モダン時代の知恵―
魚柄仁之助

八〇年前の日本にあった、モダン食生活のユートピア。食料クライシスを生き抜くための知恵と技術を、大量の資料を駆使して復元！

S293
新版 報復ではなく和解を
―ヒロシマから世界へ―
秋葉忠利

長年、被爆者のメッセージを伝え、平和活動を続けてきた秋葉忠利氏の講演録。好評を博した旧版に三・一一以後の講演三本を加えた。

S294
新島襄
和田洋一

キリスト教を深く理解することで、日本の近代思想に大きな影響を与えた宗教家・教育家、新島襄の生涯と思想を理解するための最良の評伝。〈解説〉佐藤優

S295
戦争は女の顔をしていない
スヴェトラーナ・アレクシエーヴィチ
三浦みどり訳

ソ連では第二次世界大戦で百万人をこえる女性が従軍した。その五百人以上にインタビューした、ノーベル文学賞作家のデビュー作にして主著。〈解説〉澤地久枝

S296
ボタン穴から見た戦争
―白ロシアの子供たちの証言―
スヴェトラーナ・アレクシエーヴィチ
三浦みどり訳

一九四一年にソ連白ロシアで十五歳以下の子供だった人たちに、約四十年後、戦争の記憶がどう刻まれているかをインタビューした戦争証言集。〈解説〉沼野充義

2018.6

S297
フードバンクという挑戦
―貧困と飽食のあいだで―
大原悦子

食べられるのに捨てられてゆく大量の食品。一方に、空腹に苦しむ人びと。両者をつなぐフードバンクの活動の、これまでとこれからを見つめる。

S298
いのちの旅
「水俣学」への軌跡
原田正純

水俣病公式確認から六〇年。人類の負の遺産「水俣」を将来に活かすべく水俣学を提唱した著者が、様々な出会いの中に見出した希望の原点とは。〈解説〉花田昌宣

S299
紙の建築　行動する
―建築家は社会のために何ができるか―
坂茂

地震や水害が起きるたび、世界中の被災者のもとへ駆けつける建築家が、命を守る建築の誕生とその人道的な実践を語る。カラー写真多数。

S300
犬、そして猫が生きる力をくれた
―介助犬と人びとの新しい物語―
大塚敦子

保護された犬を受刑者が介助犬に育てるという米国での画期的な試みが始まって三〇年。保護猫が刑務所で受刑者と暮らし始めたこと、元受刑者のその後も活写する。

S301
沖縄　若夏の記憶
大石芳野

戦争や基地の悲劇を背負いながらも、豊かな風土に寄り添い独自の文化を育んできた沖縄。その魅力を撮りつづけてきた著者の、珠玉のフォトエッセイ。カラー写真多数。

2018. 6

S302
機会不平等
斎藤貴男

機会すら平等に与えられない〝新たな階級社会の現出〟を粘り強い取材で明らかにした衝撃の著作。最新事情をめぐる新章と、森永卓郎氏との対談を増補。

S303
私の沖縄現代史
—米軍支配時代を日本《ヤマト》で生きて—
新崎盛暉

敗戦から返還に至るまでの沖縄と日本の激動の同時代史を、自らの歩みと重ねて描く。日本〈ヤマト〉で「沖縄を生きた」半生の回顧録。岩波現代文庫オリジナル版。

S304
私の生きた証はどこにあるのか
—大人のための人生論—
H・S・クシュナー
松宮克昌訳

私の人生にはどんな意味があったのか？ 人生の後半を迎え、空虚感に襲われる人々に旧約聖書の言葉などを引用し、悩みの解決法を提示。岩波現代文庫オリジナル版。

S305
戦後日本のジャズ文化
—映画・文学・アングラ—
マイク・モラスキー

占領軍とともに入ってきたジャズは、アメリカそのものだった！ 映画、文学作品等の中のジャズを通して、戦後日本社会を読み解く。

S306
村山富市回顧録
薬師寺克行編

戦後五五年体制の一翼を担っていた日本社会党は、その誕生から常に抗争を内部にはらんでいた。その最後に立ち会った元首相が見たものは。

S307
大逆事件
―死と生の群像―
田中伸尚

天皇制国家が生み出した最大の思想弾圧「大逆事件」。巻き込まれた人々の死と生を描き出し、近代史の暗部を現代に照らし出す。〈解説〉田中優子

S308
「どんぐりの家」のデッサン
漫画で障害者を描く
山本おさむ

かつて障害者を漫画で描くことはタブーだった。漫画家としての著者の経験から考えてきた、障害者を取り巻く状況を、創作過程の試行錯誤を交え、率直に語る。

S309
鎖塚
―自由民権と囚人労働の記録―
小池喜孝

北海道開拓のため無残な死を強いられた囚人たちの墓、鎖塚。犠牲者は誰か。なぜその地で死んだのか。日本近代の暗部をあばく迫力のドキュメント。〈解説〉色川大吉

2018. 6